市太郎ずし

浅草料理捕物帖 二の巻

小杉健治

時代小説文庫

角川春樹事務所

本書は時代小説文庫（ハルキ文庫）の書き下ろし作品です。

目次

第一章　握りずし

一

風神・雷神を左右に安置した風神雷神門は浅草寺《せんそうじ》境内に入る総門である。単に雷《かみなり》門《もん》と呼んでいるが、この雷門は江戸だけでなく、その名は諸国に知れ渡っている。

江戸見物に出かけるひとのほとんどは「浅草《あさくさ》の観音《かんのん》さま参り」を目的とし、それは「伊勢《いせ》参り」にも匹敵する。

雷門から正面の本堂までの仲見世は楊枝屋《ようじや》が並び、たいそうな賑《にぎ》わいだが、雷門に向かう参道沿いの並木町《なみきちょう》には奈良《なら》茶飯をはじめとして、料理屋、うどん屋、そば屋、大仏餅《もち》、羽二重《はぶたえ》団子などの店があって、いつもひとでごった返している。

並木町の南隣に駒形町《こまがたちょう》がある。さらに、その南に隣接する諏訪町《すわちょう》までが浅草寺の門前町である。つまり、浅草寺領であるが、今は寺社奉行支配から町奉行支配になっている。

駒形町にも料理屋やそば屋などがたくさんがあるが、ここ半年前から『市兵衛《いちべえ》ずし』という握りずしの屋台が出ていた。

握った酢飯の上に、食酢で漬けたコハダ、炙《あぶ》ったアナゴ、白魚《しらうお》などを乗せた握りずしが並んでいて、客は好きなものを選んで食べる。

まだ、江戸に握りずしが登場して間がないので、亭主の市太郎《いちたろう》は、握りずしは誰がはじめたんだいと客から訊《たず》ねられることがある。

市太郎は即座に、

「本所横網町《ほんじよよこあみちょう》にあるすし屋『華屋《はなや》』の主人与兵衛《よへえ》が考えついたのでございますよ。ここ数年のことですがね。あっしは市太郎って名ですが、華屋与兵衛にあやかって、市兵衛っていう名を使ってます」

と話し、さらに、聞かれもしないのに受け売りの蘊蓄《うんちく》を口にする。

「すしのはじまりは、塩漬けにした魚介を蒸した米といっしょに漬けこんでおいたことなんです。そうしておくと、自然に発酵して米飯を腐らす菌を封じ込め、魚介は酸っぱくなり、旨味《うまみ》のもとを作り出すんです。昔の本居《もとおり》のり……なんとかっていう学者が酸っぱいからすしっていうと言ったそうですがね。こうして作ったのを『馴れずし』って言いましてね、奈良、平安時代はすしといえば、この『馴れずし』で……」

市太郎は握りずしをほおばっている三十半ばと思える鋭い顔立ちの男を見ながら、

「ただ、これは発酵するまで時間がかかった。ところが、飯に米酢を加えて作る早ずしが……」

と続けるが、客が何か言いたそうにした。

「お客さん、なにか？」

市太郎は説明をやめて、客の顔を見る。

細面で、眉尻《まゆじり》がつり上がって、目付きは鋭い。頬《ほお》は削《そ》げ、頬骨は突き出ている。遊び人ふうでもあるが、荒《すさ》んだ雰囲気はない。

「さっき『華屋』の主人が考えついたとか言っていたが、ひょっとして、ご亭主はそこにいたのかえ」

「へえ、『華屋』で板前をしていました。店では上方ふうの押しずしや箱ずしを作っていたんです」

「そうか。どうりで年季が入っているはずだ」

客は満足そうに言う。

「お客さん、『華屋』を御存じで？」

他に客はいない。屋台の前で、客は立ってすしを食べる。

「一度、手慰みで大勝ちしたときに行ってみた。うまかったが、ちと高い」

「へえ。『華屋』は高級なところでして」

「だが、その味が忘れられずにいたら、たまたまこの屋台店を見つけたんだ」

「へえ、ありがとうございます。うちは、お安く食べられますんで、今後もご贔屓《ひいき》を」

「ああ、そうさせてもらおう。じゃ、次はアナゴをもらう」

「どうぞ」

市太郎はアナゴの握りずしを差し出す。

「その『馴れずし』ってのは、もうどこにもないのかえ」

ほおばってから、客はきく。

「今は少ないでしょうね。上方のほうではまだあるかもしれませんがね。塩漬けにした魚を塩味をつけた米飯に漬け込み、重しをして一年ぐらいじっくり寝かさなきゃなりません。そんな手間はかけられませんでね。江戸っ子にはやはり、握りずしが合うんですよ」

「そうだろうな。うめえな。また、コハダをもらおうか」

「へい」

醤油《しょうゆ》をつけて、口に運ぶ。

「やっぱり、すしはコハダに止《とど》めを刺すっていうが、間違いねえ」

客は満足そうに言い、

「ところで、この醤油はやはり下りものかえ」

客は話好きだ。

「いえ、野田《のだ》です。最近は銚子《ちょうし》や野田でも小麦を用いて香りのいいものになってます」

「確かに、いい味だ」

「へえ」

「海苔《のり》はどこだえ」

巻きずしを手にし、また客がきく。浅草海苔の上にすし飯を乗せ、干瓢《かんぴょう》を巻いたものだ。今度は、海苔のことをきいてきた。

「元禄《げんろく》の頃までは浅草でとれたようですが、今は大森、品川です」

「そうかえ」

客は口にほおばった。

「ああ、食った。そうだ、土産に出来るかえ」

「へえ」

「じゃあ、適当に包んでくれ。コハダは忘れずにな」

「へい」

経木に、コハダ、アナゴ、海苔巻きなどを入れて包んでいると、商家の手代ふうの若い男がやってきて、

「すみませんが、土産に持って帰りたいんですが、三人前包んでいただけますか」

と、声をかけた。

「ちょっとお待ちを」

市太郎は声をかけ、遊び人ふうの客に経木の包みを渡した。

「これから、吉原《なか》ですかえ」

敵娼《あいかた》への土産かと思ったのだ。

「いや。手慰みの仲間が近くに住んでいるんだ。そいつへの土産だ」

「そうですかえ」

「いくらだえ」

「へえ、六十文になります」

「いい値をとるな」

「へえ、すいません」

「冗談だよ。『華屋』よりぜんぜん安い。いや、うまかったぜ」

　銭を置いて、遊び人ふうの客は引き上げた。

「お待たせしました、今、作りますから」

　遊び人ふうの客を見送ってから、市太郎は手代ふうの男に言う。

「お願いします」

「どれを？」

「ひと通り。ああ、コハダは多めに」

　やはり、江戸っ子はコハダを好むのだと思った。

　コハダやアナゴ、白魚、海苔巻きの他に、車海老《くるまえび》、玉子巻きなどを詰めた。もちろん、コハダは多めにした。

「お待たせしました」

　三人前の握りずしを経木に包んだ土産を渡す。

「ああ、ありがとう」

「お近くでございますか」

「諏訪町の『角野屋《すみのや》』でございます。主人から客人が来るから買ってくるようにと頼まれました」
手代は銭を払って言う。
「そうですか。また、お待ちしています」
手代が引き上げて行った。
そろそろ、辺りが暗くなってきた。すしが残り少なくなった。いったん、引き上げ、
また出直そうと思った。市太郎の家はすぐ近くだった。

その夜、五つ（午後八時）過ぎ、浅草聖天町《しょうでんちょう》にある一膳飯屋《いちぜんめしや》『樽屋《たるや》』の戸口に、
蝮《まむし》の文蔵《ぶんぞう》の手下の峰吉《みねきち》が顔を覗かせた。

「おい、孝助《こうすけ》」

亭主の喜助《きすけ》が声をかけた。

孝助はすぐに板場から出て、

「こんな時間に何か」

と、峰吉にきく。

「親分がすぐ来てくれとさ。三好町《みよしちょう》の自身番だ」

峰吉は十九歳。山谷《さんや》の紙漉《かみす》き職人の倅《せがれ》だが、捕物好きで文蔵の手下になっている。

今は、家を出て、文蔵の家に居候をしている。

「わかった。すぐ行く」

用件を伝えると、峰吉は引き上げた。

孝助は喜助のところに戻り、

「とっつあん。行ってくる」

と、前掛けを外して喜助に渡す。喜助は五十過ぎの男だ。深川門前仲町《ふかがわもんぜんなかちょう》で呑《の》み屋をやっていたが、三年前にこの地に越してきた。

「しっかりな」

喜助は意味ありげに言う。

「ああ」

今日も店は常連客でいっぱいだ。戸口に向かう前に、小上がりの奥に目をやる。いつものように、浪人の越野十郎太《こしのじゅうろうた》がひとりで酒を呑んでいた。

十郎太は三カ月近く前から聖天町の長屋に住みだした浪人だ。独り身なので、毎晩店にやってくる。二十六歳と同い年であり、お互いに同じ目的を持っていたことに気づいてから親しくなった。

十郎太と目を合わせてから、孝助は『樽屋』を出た。

胸に秘めた思いが、孝助の表情を暗く、険しいものにしている。だが、いつか願いを叶《かな》える。その思いが、孝助を突き動かしている。

蝮と呼ばれ、世間から蛇蝎《だかつ》のごとく嫌われている岡っ引きの文蔵の手下になったのも、すべて熱い思いのためだ。

聖天町から花川戸《はなかわど》、そして駒形町を過ぎる。昼間はあれほど賑わう町筋も人通りが絶えている。

浅草三好町の自身番に辿《たど》り着いた。入口に、火消しのために鳶口《とびぐち》などとともに備えてある纏《まとい》が闇《やみ》の中に白く浮かんでいた。

玉砂利を踏み、自身番に顔を出す。

「文蔵親分は？」

孝助は自身番に詰めている家主にきいた。

「まだだ」

家主が答える。

「茶でも呑むかえ」

当番の男が孝助に声をかけた。

「へえ、ありがとうございます。でも、結構で」

「丸兵衛店《まるべえだな》に行くんだろう？」

　家主がきく。

「丸兵衛店？　いえ、まだ何も聞いちゃいねえんで。すぐにここに来てくれと言われただけでして」

「そうかえ」

「何があったんですかえ」

「丸兵衛店の清六《せいろく》という……。おや、来なすった」

　家主の声に振り返る。

　文蔵が峰吉といっしょにやって来た。

「ごくろう。じゃあ、行くか」

「へい」

　孝助は畏《かしこ》まって答える。

　文蔵は北町奉行所定町廻《じょうまちまわ》り同心丹羽溜一郎《にわりゅういちろう》から手札をもらっている。四十前の厳《いか》めしい顔の男で、相手を威圧するようなぎょろ目で睨《にら》みつけて言う。

　丸兵衛店は目と鼻の先だ。人気のない通りを犬が横切った。孝助は文蔵と峰吉とともに長屋木戸を入った。

小太りの男が出て来た家があった。少しうろたえている。

「あっ、親分さん。お待ちしていました」

遅いので、様子を見に路地に出てきたようだ。

「清六の家か」

文蔵が声をかけた。

「はい。大家でございます」

「どうなんだ？」

「いけませんでした」

「いけねえ？　死んだのか」

文蔵はもろに口にする。

「医者を呼びに行ったときには死んでました」

「死因はなんだ？」

「握りずしを食べていたようです。でも、食中《しょくあた》りで死ぬとは考えられません。医者が言うには、吐いたあとがあり、唇や指先、その他の肌が紫藍色《しらんしょく》に変わってました。毒を呑んだかもしれないと」

「毒だと？」

「はい。ですから、死体をそのままにして親分さんにお知らせするようにと」

「うむ。賢明な判断だ。よし」

文蔵は言い、清六の家の土間に入った。

畳の上で、三十過ぎの男が仰向けになっていた。死んだときのままにしてあるようだ。淡い行灯《あんどん》の明かりに苦悶《くもん》の表情が映し出されている。傍らに年寄りがいた。

「おまえさんは？」

文蔵がきいた。

「へえ、隣の元助《もとすけ》と言いやす。じつは、清六が土産にもらったすしを食べようと誘ってくれたんです。で、いっしょに食べはじめたら、急に清六が悶《もだ》え苦しみだしたんで、すぐに、大家さんを呼んで、それから医者を……」

文蔵が経木に残っている握りずしに目をやった。コハダやアナゴ、車海老、巻物と白魚などがあるが、二個分の隙間《すきま》があった。清六と元助が食べたものだろう。

元助は鋳掛《いか》け屋《や》で、隣同士で、歳《とし》は離れているが、親しくしていたという。

「医者の話では、毒を呑んだってことだな」

「へえ、そう言ってました」

「握りを食べてから苦しんだんだな？」

「そうです。清六はコハダを、あっしはアナゴを食いました。そしたら、いきなり、清六が苦しみだして」

「コハダか」

文蔵はすしをもう一度見てから、

「このすしはどうしたんだ？」

と、きく。

「清六の賭場《とば》仲間が持って来てくれたそうです」

「賭場仲間？　清六は博打《ばくち》をするのか」

「へえ、のめり込んでいました。博打をやめ、まっとうに働けと言っていたんですが、なかなかやめられなかったようです。最近は、大負けして、落ち込んでいました」

「仲間の名前はきいてないか」

「いえ、ただ、引き上げて行く男を、戸の隙間から見ました。三十半ばの細面の男で、頬が削げていました」

「そうか。で、このすしはどこで買ってきたのかわかるか」

「駒形町に出ている屋台の『市兵衛ずし』の握りずしだそうです。あっしも、何度か前を通ったことがあります。せっかく、そこのすしを食えると思ったのに」

元助は意地汚そうに残ったすしに目をやる。

「おめえはアナゴを食べてなんともなかったんだな」

文蔵が確かめる。

「へえ、だいじょうぶでしたが、まさか、あとから毒がまわってくるんじゃ……」

元助は不安そうな顔をした。

「そんなことはありませんよ」

孝助は口を入れた。

すしを食べている最中に倒れたとしても、すしのネタの魚介に毒があるはずない。腐っていて食中りをしたとしても、こんなに急激に命を落とすまでいかないだろう。やはり、医者の見立てどおり、コハダに何らかの毒が混じっていたことになる。

文蔵は死体を検《あらた》めた。そのうち、顔色を変えた。

「こいつは、トリカブトの毒かもしれねえ」

文蔵が声を震わせた。

「えっ、トリカブト？」

トリカブトは山中に生息する植物で、地下の根に強い毒がある。古来より、この毒を矢尻の先に塗って武器としていた。

改めて、孝助は清六の亡骸《なきがら》を見た。医者の言うように、唇や指先、その他の肌が紫藍色に変わっている。あっと孝助は思いだした。

「親分。そうです。トリカブトですぜ」

「ああ、トリカブトだ」

文蔵が呟《つぶや》くように言った。

「以前にトリカブトの毒で死んだ男を見たことがあります。毒を呑んだあと、あっと言う間に死んでしまいました。最初の一個を食べただけで、すぐに死んだようですし、効目の早いトリカブトに間違いないかと」

孝助は上州《じょうしゅう》にいたとき、トリカブトの毒で死んだ人間を見たことがあった。山でヨモギと間違えてとってきた野草がトリカブトだった。

「『市兵衛ずし』はどこだ？」

「へえ、屋台は駒形町の表通りに出ていますが、住まいは町内の長屋だそうです。どの長屋かはちと……」

「いや、そこまでわかれば、すぐ見つけ出せる」

文蔵は頷《うなず》いて、

「奉行所から検使にくるまで、おめえはここで待つんだ」

と峰吉に命じ、孝助についてくるように言って長屋を出た。孝助はあわててあとを追った。

二

きょうもかなり売れた。市太郎は売上を勘定して満足の笑みを浮かべた。

浅草界隈《かいわい》には、田原町《たわらまち》や花川戸など四軒のすし屋があるが、『市兵衛ずし』がうまくて安いという評判をとり、徐々に客足が伸びていった。

最初のころは夜食やおやつ程度に食われていたが、いまは夕餉のために土産で持ち帰る客が増えた。

すしのネタになる魚介は江戸湾や大川でとれる。いわゆる、江戸前だ。屋台で金をためて、どこかで店を構える。それが、市太郎と女房おこまの夢だった。

朝が早いので、四つ（午後十時）前には床に入る。

「おまえさん、近々、与兵衛の旦那《だんな》にご挨拶《あいさつ》に上がったほうがよかないかえ」

おこまが横で言う。

「そうよな。半年経《た》つしな。よし、近々行こう」

おこまも『華屋』で女中として働いていたのだ。与兵衛にはいろいろせわになった。昼間の疲れが出たのか、瞼《まぶた》が重くなってきた。

戸を激しく叩《たた》く音に、女房のおこまが体を起こした。

「誰なんでえ」

市太郎は寝入りばなを起こされて、不機嫌な声になった。

おこまが立ち上がろうとしたのを制して、市太郎が立ち上がって寝間を出る。もう四つは過ぎているはずだ。

戸は相変わらず叩かれている。急《せ》かされるように、市太郎は土間に下りる。

「へい、どなたさんで」

「文蔵だ」

「文蔵……」

あわてて、市太郎は心張り棒を外して戸を開けた。

「あっ、親分さん」

市太郎は心の臓が鷲摑《わしづか》みされたようになった。蝮の文蔵がこんな夜更けに訪ねてくるのは何か異変があったのか。

何かあったとしか思えない。それも、俺に関《かか》わりあることが……と考えたが、それが何かはわからない。

「邪魔するぜ」

文蔵が勝手に土間に入ってきた。

広い土間の壁際には板が渡してあり、その上に樽《たる》が並んでいる。魚介がそれぞれ樽に入って酢漬けにされている。

「おめえが亭主か」

「はい。市太郎です」

異変を察して、おこまも起き出してきた。

「親分さん。いったい、何が？」

「かみさんかえ。じつはな、浅草三好町の丸兵衛店に住む清六って男が毒に当たって死んだ」

「毒？」

「そうだ。清六はおまえのところの土産のすしを食って苦しみだしたようだ」

「ご冗談で。すしには毒はありません」

市太郎はむっとして言う。

「こんなことで冗談を言うと思っているのか」

文蔵が口許《くちもと》を歪《ゆが》めた。

「いえ、そういうわけじゃ……」

市太郎はあわてた。

「すしに毒がくっついていたんだ」

「まさか」

市太郎は息を呑んだ。

「現に、清六はおまえのところの土産のすしを食べた直後に苦しみだしたんだ」

「土産……」

土産を買っていったのはふたりいた。遊び人ふうの男と商家の手代だ。手代は、確か諏訪町の『角野屋』だと言っていた。

「清六は賭場仲間の男に土産ですしをもらったんだ」

あのときの遊び人ふうの男だ。あの男も博打をしている。

「でも、そんなはずはありません。毒だなんて」

市太郎は憤然とした。

「どうやら、毒はトリカブトのようだ」

「トリカブトですって。親分さん。あっしはトリカブトなんて扱っちゃいません」

市太郎は夢中で言う。

「きょうの屋台で出したものはどこにある？」

「はい。ほとんど売れてしまいました。僅《わず》かに残ったものは木箱にいれて保存してあります」

「いいか。明日、材料を調べる。明日の商売は取り止《や》めだ。いいな」

文蔵は鋭い声で言う。

「親分さん。あっしがなんで、そんな毒を盛らなきゃならねんですか」

「おう、市太郎。そいつはこれからこっちが調べることだ。つべこべ言うんじゃねえ」

文蔵が怒鳴るように言う。

「へえ」

市太郎は打ちのめされたようにしゃがみ込んだ。

「市太郎さん」

手下が声をかけた。二十五、六歳の細面で目鼻立ちの整った男だ。厳しい雰囲気があるが、目は涼しげだ。

「へえ」

「土産に持って帰ったのは他にいますかえ」

「えっ？　あっ、おります。浅草諏訪町にある『角野屋』の手代さんです」

「『角野屋』って言うと、献残屋だな」

献残屋は武家から不要になった献上品を買い上げて、それを売る商売をしている。

「気になるな」

文蔵が厳しい顔つきになった。

市太郎は心の臓が激しく打っていた。

「これから『角野屋』に行かなきゃならねえから、自身番に来てもらうことは許してやる。その代わり、明日は商売どころか、一歩も外に出ちゃならねえ。いいな、わかったな」

文蔵は脅しつけるように言い、土間を出ていった。

「おまえさん」

おこまがしがみついてきた。

「しばらくの辛抱だ。こっちは何もしていないんだ」

そう口にしながら、これでまた『角野屋』で何かあったらどうなるのだと、市太郎は膝《ひざ》ががくがく震えてきた。

三

夜更けの町をひた走り、孝助は文蔵とともに隣町の浅草諏訪町にある『角野屋』の前にやって来た。

大戸は閉まっているが、潜《くぐ》り戸が開いていた。文蔵は潜り戸をくぐった。

土間に、奉公人が集まっていた。

「邪魔するぜ」

「あっ、文蔵親分」

中のひとりが声を上げた。番頭のようだ。

「何かあったのか」

文蔵が鋭い声できく。

「はい。じつは……」

「番頭さん。私に任せなさい」

奥から主人の忠兵衛《ちゅうべえ》が出てきた。四十前の眉の濃い渋い感じの男だ。文蔵は上がり口に近よった。孝助も横に並ぶ。

「親分さん。こんな夜更けに何か」

忠兵衛が窺《うかが》うようにきいた。

「じつはな、ここの手代が夕方、屋台の『市兵衛ずし』で土産にすしを買っていったそうだ。間違いねえか」

「は、はい」

忠兵衛は厳しい顔になった。

「もうひとり土産を買っていった男がいた。その知り合いがすしを食って毒死したのだ」

「そうですか」

忠兵衛は俯いた。

「角野屋、何かあったな」

文蔵が迫る。

「じつは、夕方に旗本の山川三右衛門《やまかわさんえもん》さまがおいでになりました」

「山川三右衛門？」

「はい。勘定組頭でいらっしゃいます。きょう、当家には……」

「経緯はいい。何があったんだ？」

「は、はい」

　忠兵衛はあわてて、

「山川さまがすしを食べたあと、急に苦しみだしました。医者を呼んだのですが、いけませんでした」

「やはり、そうか。なぜ、すぐに届け出なかった？」

　文蔵は責めた。

「山川さまのお屋敷に知らせましたところ、すぐに亡骸を引き取りに来ることになりまして」

「で、すでに死体は引き取られたのか」

「はい。山川さまの御用人が、外聞をはばかり、病死として届け出たいと仰《おつしや》られました。どうしたものかと迷っているところに、親分さんがおいでに」

「だが、毒をもられたのだ。このままにしていいわけはない」

「御用人さまからお奉行所のほうに子細をお伝えしに行くと仰っていました。なにしろ、相手は旗本、私どもが口をはさむことは出来ませんでした」

「ちっ」

　文蔵は吐き捨てた。

孝助は事態の重大さに身を引き締めた。これで死者がふたりになった。

「医者はなんて言ってましたね」

孝助が口をはさんだ。

「毒が混ざっていたに違いないと」

忠兵衛が答えた。

「で、山川さまは何を食べたんですかえ」

孝助はきく。

「はい。コハダを食しましたところ急に苦しみだしました。それから、息が絶えるまで、あっという間のことでした。私はただ、恐ろしさに……」

忠兵衛は俯いた。

「山川さまは、なにしにここに来たのだ?」

文蔵が厳しい顔できいた。

「はい。山川さまは献上品を直にお持ちになりまして」

「直に?」

「奥さまに知られたくないときには、自ら品物をご持参になります。夕方になって、手代が土産にすしを買ってきましたので、山川さまにもお出ししました。山川さまの好物ということでございましたので」

忠兵衛は言いづらそうに話した。

「で、残ったすしはどうした？」

「気味が悪いので始末しました」

「そうか」

残ったすしを調べるまでもないと、文蔵は思ったのであろう。清六も、コハダを食べた直後に苦しみだした。コハダに毒が塗ってあったのは間違いない。

いったい、誰が何の目的でこんな真似《まね》をしたのか。孝助の不安はこれだけで終わるのだろうかということだった。

四

翌日の昼前、孝助は文蔵とともに駒形町にある市太郎の家にやって来て、樽に漬けてあるすしネタを調べている。

といっても、文蔵は匂《にお》いを嗅《か》ぐだけだ。トリカブトの匂いがわかるはずはないが、文蔵にしてもそれしか出来ないのだ。

だが、市太郎がむきになって、
「親分さん。ここにあるものはだいじょうぶです。誰も、ここには近づいていませ
ん」
と、訴えた。
何者かが黙って入り込んでコハダに毒を塗った。それを知らずに、市太郎が握りず
しにした。そう文蔵は考えたのだ。
「しかし、ずっとこの樽を見張っていたわけじゃあるまい。よその人間が気づかれず
にここに忍び込むのは簡単そうだ」
「じゃあ」
と、市太郎はコハダを漬けてある樽から一枚つまんだ。
「親分さん、見てください」
市太郎は顎《あご》をやや上に向けてつまんだコハダを口に入れた。もし、毒が混入されて
いたら、市太郎の命に危険が生じる。
だが、孝助はここには毒はないとみている。
きのうの昼から屋台を出していて、それまでにコハダを食べた客も多い。
土産を持って帰った清六の仲間も、コハダを食べていたと、市太郎は言っていた。

その後も、客が来て、コハダを食べたが何ともなかった。つまり、土産に入れたコハダだけに毒が混入していたと考えられる。

「きのう、屋台を離れたことは？」

孝助は市太郎にきく。

「水を捨てるとき、屋台から離れましたが、そんな長い時間じゃありません。あと、小便を少し離れた空き地で……」

「その間、屋台は誰もいなかったんだな」

文蔵が確かめる。

「へえ。でも、誰も悪さしたような痕跡《こんせき》はありませんでした」

「市太郎さん。これは大事なことですぜ。毒を入れられたのがきのうの屋台だったら、ここにあるものは安全だということになります」

孝助は真剣に思いださせるように言う。

市太郎は気づいていないが、何らかの理由で、屋台を離れているのだ。その間に賊が現われ、ふたつのコハダの握りに毒を入れた。コハダを選んだのは一番好まれているからであろう。

そう考えたが、肝心の市太郎がはっきりしない。

「そうだ」

市太郎が声を上げた。

「昼過ぎに、年寄りが土産にすしを持って帰りましたが、釣り銭を忘れて帰ったので、あわてて追いかけました」

「どこまで追いかけた？」

「へえ。屋台から二十間（約三十六メートル）ほどでしょうか」

「そこで、年寄りと少しやりとりがあったんだな」

「へえ」

「その間かもしれねえな」

文蔵が孝助に顔を向けた。

「一番、考えられますね。賊はずっと市太郎さんが屋台を離れるのを待っていたのかもしれません」

「その年寄りの顔を覚えているか」

「へえ、皺《しわ》だらけの顔をした小柄な男でした。会えば、わかります。まさか、その年寄りがぐるだと？」

市太郎は表情をこわばらせた。

「いや。そいつはなんとも言えねえが、賊が毒を投入したのはそのときだろう」

文蔵は確信したように言う。

「でも、いってえ、何のために？」

市太郎は顔をしかめる。

「土産のすしは市太郎さんが選んだんですね」

孝助は確かめる。

「そうです。私が経木に詰めました」

「はじから？」

「ええ、そうです。コハダを多めにと言われました」

「遊び人ふうの男の土産を先に作ったんですね」

「ええ。それを作っているときに、『角野屋』の手代さんがやってきました。遊び人ふうの男が引き上げてから、手代さんの土産を作りました」

「そうですか」

孝助はまったく賊の狙いが見えてこない。誰でもよかったのか。しかし、ある考えに至って愕然《がくぜん》とした。

「まさか、トリカブトの毒の効目を確かめたかったのでしょうか」

孝助がおののきながら言うと、文蔵は顔色を変えた。

「どういうことだ？」

「狙う本命が別にいるってことです」

「ばかな。そんなことさせるものか」

文蔵が憤然と吐き捨てたとき、戸口に人影が差した。

「あっ、旦那」

定町廻り同心の丹羽溜一郎だ。渋い顔をしている。

「ここのすしネタを調べにきた」

当番方の与力と毒物に詳しい本草学者が連れ立ってやってきたのだ。本草学とは自然界にある動植物や鉱物を研究する学問である。

「あとは任せればいい。ちょっと外へ」

溜一郎は太い眉の辺りを曇らせている。何か屈託がある様子だ。あとを与力と本草学者に任せて、孝助は文蔵とともに外に出た。

「旦那、何かありましたかえ」

文蔵も溜一郎の様子にただならぬものを感じ取っているようだ。

「毒を入れた経緯はわかったか」

溜一郎が逆にきいた。

「いえ、ただ、きのう、市太郎が少し屋台から離れた時間がありました。おそらく、その間に賊が毒を混入したんじゃないかと」

「そうか」

「旦那、何かありましたかえ」

文蔵があらためてきく。

「奉行所に、投文《なげぶみ》が舞い込んだそうだ」

「投文？」

「『市兵衛ずし』の握りずしのコハダにトリカブトの毒を塗り付けた。効目はわかったか、と書いてあった」

「なんですって」

文蔵が目を剝《む》いた。孝助も息を呑んだ。

「いってえ、狙いは？　誰でもいいからひとを殺そうという輩《やから》なんですかえ」

「違う」

溜一郎は首を横に振った。

「雲間《くもま》の虎一《とらいち》を牢《ろう》から出せと書いてあった。明後日中に解き放さなければ新たに毒死者が出ると書いてあった」

「雲間の虎一？」

孝助はきき返した。

「おまえが知らぬのは無理はない。この四、五年、大名屋敷や豪商の屋敷に忍び込んできた盗《ぬす》っ人《と》だ。先日、浜松町《はままつちょう》の大店に忍び込んで逃げる際に、たまたま通りかかった定町廻りの同心佐々木恭四郎《ささききょうしろう》と鉢合わせして御用になった。一千両は稼いでいると見られているが、金の在り処《あか》は詮議《せんぎ》でも言わない」

「そんな盗賊がいたんですか」

孝助は驚いて言う。

「四十ぐらいだが、身が軽くて、錠前破りの名人ときている。だから、屋敷の人間に見つかることもない。始末の悪い野郎だった。だが」

文蔵は悔しそうに、

「この手でとっ捕まえたかったが、佐々木の旦那に手柄をとられた。それも偶然だ。佐々木の旦那が岡っ引きの金吉《かねきち》と歩いているときに、偶然、虎一が忍び込んだ屋敷から出てきたところだったそうだ」

「出来すぎた話じゃありませんか」

孝助は首をかしげた。

「うむ。だが、捕まえたのは事実だ」

溜一郎が不快そうに口許を歪めた。どうやら、ふたりは佐々木恭四郎と金吉親分に面白くない気持ちでいるようだ。

「雲間の虎一に仲間がいたんですかえ」

孝助は確かめる。

「わからねえ。奴はひとり働きだ。だが、ほんとうにひとりかどうかわからねえ」

「と言いますと」

「奴を見かけた人間は、ある者は小柄だと言い、ある者は長身だったと言う。ほんとうは、雲間の虎一はふたりいるのではないかとみる向きもある」

「ふたりですかえ」

「ふたりで交互に盗みをしている。そう言われれば、そうかもしれないと思う節はいくつかある。たとえば、本郷《ほんごう》で盗みを働いた次の日には築地《つきじ》の商家に忍び込む。芝での盗みの翌日に浅草だ。つまり、ふたりで雲間の虎一を演じているってわけだ」

「捕まった虎一はなんて言っているんですね」

孝助はさらにきく。

「吟味で問われても、何も答えない」

「答えない？」

「そうだ。虎一は仲間をかばっているのかもしれない」

「やはり、虎一には仲間がいたんですね。片割れが虎一を助け出そうとして、こんな騒ぎを引き起こしたと考えるほうが自然でしょうか」

文蔵が厳しい顔で応じる。

「そうかもしれねえな。狙いは、金の在り処ということも考えられる。稼いだ金一千両の残りが、どこかに隠してあるんだ。その金の在り処を知っているのが虎一だけだとしたら、片割れはどうしても助け出したいと思うのではないか」

溜一郎も確信に満ちた言い方をしたが、すぐに、

「だが、その仲間については何もわかっちゃいねえ。それなのに、明後日中という期限を切ってきやがった」

「明後日中ですかえ」

孝助は深く溜《た》め息《いき》をついた。明後日までに、毒を盛った賊を捕まえるなんて無理な相談だ。虎一の仲間のことは何一つわかっていないのだ。

「奉行所は虎一をどうするんですか」

孝助は肝心なことをきいた。

「奉行所が解き放つことはありえない」

溜一郎はきっぱりと言いきる。

「じゃあ、また犠牲になる者が出るんじゃありませんか」

孝助は口を出す。

「それまでに、なんとしてでも賊を見つけ出すしかない」

「投文は、便乗したいたずらってことはないんですかえ」

文蔵は言う。

「ふたりの死が大っぴらになる前に、奉行所に文が届いたんだ。それに、『市兵衛ずし』の握りずしのコハダにトリカブトの毒を塗ったとも書いてあった。当人じゃなければわからぬことだ。少なくとも、文を書いた奴が毒を盛った賊の仲間であることには間違いねえ」

溜一郎は眦《まなじり》をつり上げ、

「こいつは奉行所の体面に関わることだ。いいか、これ以上、犠牲を出してはだめだ。なんとしてでも、賊を捕まえるんだ」

溜一郎は激しい口調で気合を入れた。

「へい」

文蔵は珍しく真顔で応じた。

孝助はふと悪臭を嗅いだように顔をしかめた。

「旦那。投文には、また毒死者が出ると書いてあったんですね。何に毒を塗るとは書いてなかったんですね」

孝助は確かめた。

「書いてない。また握りずしか、他の屋台のものか……。いや、屋台のものとは限らない」

「では、毒を入れられるのは食べ物屋や呑み屋、それに水茶屋など、口に入れるものを扱っている商売すべてが狙われるかもしれません」

それだけではない。夜鷹《よたか》そば、天ぷら売りの屋台だけではなく、甘酒売り、雑炊売りなどの行商の品物も狙われるかもしれない。

「旦那。孝助の言うとおりです。お触れを出して、注意を呼びかけたほうがいいかもしれませんぜ」

文蔵も焦ったように言う。

奉行所から出されるお触れは、町年寄から町名主、大家へと下達されて行く。

「よし。すぐに奉行所に立ち返って進言してみよう」

「今夜、俺の家に集まるんだ」

と言い、文蔵は奉行所に向かう溜一郎について行った。

ふたりと別れ、孝助は急ぎ『樽屋』に帰った。

仕込みをしていた喜助が、

「ごくろう」

と、声をかけた。

「とっつあん、大事になりそうだ。牢内にいる男を助け出すために、何の関わりもねえ者の命を奪ったんだ」

怒りを抑え切れず、孝助は経緯を話した。

「そんな投文が……」

喜助は唖然《あぜん》とした。

「ここだって安心は出来ねえ。気づかれないうちに毒を入れられるかもしれねえんだ。初顔の客の動きには気をつけたほうがいい」

「わかった。ちくしょう。とんでもねえ野郎だ」

喜助も眦をつり上げた。

「ともかく、店のことは気にするな。十分に気をつける。おめえは、文蔵の信頼を得るように捕物に励むんだ」

「わかった」

『樽屋』は飯も酒も出す。しじみ汁の大根飯の評判がいい。基本は大根飯で、炊いた飯が噴き上がるとき、蓋《ふた》をとって、刻んだ大根と塩を入れる。炊きあがってから、よくまぜながらおひつに移す。これを客に出すときは、しじみを醤油で煮込んだ出し汁をかけて出す。これを思いついたのは孝助だった。

この大根飯の評判を聞いて店を訪れる、はじめての客も多い。その中に毒を隠した賊がいるかもしれない。まさかとは思うが、用心にこしたことはない。


夕方、孝助は東仲町《ひがしなかちょう》にある文蔵の家に行った。

文蔵はかみさんに羽二重団子の店をやらせている。観音様詣での客でいつも繁昌している。かみさんは料理屋で働いていた女で、うりざね顔の色っぽい女だ。二十七、八歳ぐらいだ。

居間に通されると、峰吉の他に、田原町にある鰻屋《うなぎや》『平沼《ひらぬま》』の跡取り息子の源太《げんた》、二十五歳と、夜鷹そばの亭主で毎夜、屋台を担いで町をまわる亮吉《りょうきち》、三十五歳の三人が顔を並べていた。

「遅かったな」

亮吉が口許を歪めて言う。

文蔵の右腕だった松吉《まつきち》が不慮の死を遂げたのは、文蔵にとって痛かった。松吉に代って、孝助が文蔵の手下になったが、亮吉はそんな孝助に反感を抱いていた。

「へえ、すみません」

まだ、陽《ひ》は落ちていない。遅れたわけではないが、孝助はあえて逆らわなかった。

「孝助も、一杯やれ」

文蔵が湯呑みを片手に言う。

「これ」

峰吉が湯呑みを寄越し、酒を注《つ》いでくれた。

「すまねえ」

孝助は湯呑みを受け取った。

「よし、揃《そろ》ったのではじめるとしよう」

文蔵は口を開いた。

「賊の狙いは、牢内にいる雲間の虎一を逃がすことだ。そのために、毒を盛った。明後日中に虎一を逃さないと、新たにどこかで毒を盛ると脅迫してきたが、奉行所は虎一を解き放すことはしねえ。ようするに、明後日中に毒を盛った不逞《ふてい》の輩を捕まえなきゃならねえ。いいか、明後日中に片をつけねえと、新たな毒死者が出るんだ」

一同、固唾《かたず》を呑んで聞いている。

「これから、それぞれの探索の役目を告げる。下手人は『市兵衛ずし』の屋台でトリカブトの毒を盛ったと考えられる。客だったか、もともと市太郎の近くにいた者か、あるいは市太郎自身がやっているかもしれねえ。だが、もっとも気になるのは、釣り銭を忘れていった年寄りだ。わざと、市太郎を屋台から引き離そうとしたとも考えられる。源太はそいつを調べるんだ」

「へい」

源太は大声で応じた。

「それから、下手人はトリカブトの毒を手に入れている。トリカブトは漢方薬としても使われている。薬種問屋を当たるんだ。峰吉が当たれ」

「へい」

峰吉も張り切って答える。

「雲間の虎一を牢から出さなければ、さらに毒を盛るだろう。狙われるのは別の屋台だけでなく、いろいろな飲食の店も危ない。だが、きょう、奉行所は注意を呼びかけるお触れをまわした。しかし、屋台や行商人にまでお触れが行き届くかわからねえ。亮吉はこの屋台と行商人に注意を呼びかけるんだ。すし屋とは限らねえ。天ぷら屋、鰻屋、団子屋、それに甘酒売りなどの行商人……」

「へい」

次々と、文蔵は役割を決めていった。丹羽溜一郎と話し合ってのことだろう。

「それから、孝助は雲間の虎一の仲間について調べるんだ。ほんとうに、虎一はふたりいたのか。ただ、虎一について、こっちは何もわからねえんだ。丹羽の旦那が明日の朝までに、吟味方与力からわかっていることだけでも聞き出してくることになっている」

「そのことですが、親分」

と、孝助は口をはさんだ。

「なんでえ」

「へえ。虎一を捕まえた同心の旦那に会って話をきいてみたいんです。金吉という親分さんでもいいんですが」

「何をきくんだ？」

文蔵が眉根を寄せた。

「孝助」

亮吉が口を入れた。

「へい」

「今、親分が仰ったことを聞いてなかったのか。虎一のことは丹羽の旦那から聞けばいいんだ。あっちの旦那からきき出すことはいらねえ」

亮吉は文蔵の顔色を読んで言う。文蔵は金吉とは反目している。そんな金吉に教えを乞《こ》うなどとんでもないと、文蔵の気持ちを忖度《そんたく》したのだろう。もっとも、それだけではなく、新参者の孝助に対する敵愾心《てきがいしん》からでもあった。

「へえ。確かに仰るとおりで。ですが、あっしは不思議に思っていることがあるんです」

「なんだ、それは?」

文蔵は気になったようだ。

「へえ。虎一はこの四、五年前から出没してますが、忍び込んだ先は芝から本郷、浅草、と広い一帯です。そして、姿を見たものもほんのわずかの人間しかいなかったってことですね」

「そうだ」

文蔵が頷く。

「そんな虎一がずいぶんあっけなく捕まったと思いませんか」

「どういうことだ？」

「へい。丹羽の旦那の話ですと、たまたま通りかかった定町廻りの同心と鉢合わせして御用になったたってことでした。そんなことがありましょうか。虎一らしからぬへまじゃありませんか」

「何か疑っているのか」

文蔵の顔色が変わった。

「へえ、たまたま通りかかったっていうのに引っかかるんです。さっきも申しましたように、忍び込んだ先は芝から本郷、浅草、と広い一帯です。どこに忍び込むかわからない盗っ人にたまたま出会ったなんて考えられましょうか」

「…………」

「それに、虎一だって逃げるときは誰にも見つからぬように辺りに注意を払うはず。かりに、同心と岡っ引きがやってきても、鉢合わせするようなへまを、虎一ほどの男がしたとは思えねえ。逃げるときだって、辺りを十分に窺い、闇に隠れて逃げるんじゃありませんか」

「どういうことだ？」

文蔵がつっかかるようにきいた。

「へえ。佐々木の旦那と金吉親分は虎一を待ち伏せしていたとしか思えねえんで」

「なんだと」

文蔵の声が甲高くなった。

「虎一が忍び込む場所がわかっていたってことか」

亮吉も口をはさんできいた。

「そうです。虎一がどこどこに忍び込むという垂れ込みがあって、張っていた。それなら、虎一が捕まったことはわかります」

「誰が垂れ込んだと言うのだ？」

文蔵が目を剝いてきく。

「わかりません。ですが、虎一の身近にいたものです。虎一が忍び込む場所を知っていたんですから。それこそ、仲間かもしれません」

「佐々木の旦那と金吉は、虎一の仲間と通じているかもしれねえのか」

「そうです。虎一を売った人間と毒を盛って助けようとした人間。何か仲間割れがあったのかもしれません。もし、そうなら、佐々木の旦那と金吉は、虎一の仲間と繋《つな》ぎがとれる立場にあるんじゃないですかえ」

「ちくしょう。そうだとすると、また向こうに手柄を持っていかれちまう」

文蔵は悔しそうに拳《こぶし》を握り締めた。

「親分。まず、それはともかく、あっしの想像が当たっているかどうか、確かめたいんです。もちろん、素直に答えてくれるとは思ってません。でも、そのときの顔色で、何かわかるんじゃねえかと」

「………」

何か言いかけた亮吉はそのまま口を閉ざした。

「よし、わかった」

文蔵が満足そうに頷き、

「佐々木の旦那は芝・高輪《たかなわ》を縄張りとしている。金吉は神明町《しんめいちょう》に住んでいる。だが、金吉は素直に話してくれねえ。ましてや、俺の手下なら、なおさらだ。だが、おめえが言うように、そのときの反応で何か掴めるかもしれねえ」

「ええ。金吉親分に正面からぶつかってみます」

「よし。孝助、頼んだぜ」

文蔵は頼もしげに孝助を見た。

「へい」

亮吉は面白くなさそうな顔をしていた。

「じゃあ、あっしはさっそく屋台のほうを当たってみます」

亮吉は先に文蔵の家を引き上げた。

「あっしたちも」

源太と峰吉が立ち上がった。孝助も腰を上げた。

三人で外に出た。

「孝助さん。見直したぜ」

峰吉がおもねるように言う。

「何がだね」

「今の、虎一が捕まった件だよ。言われてみれば、確かにそうだ」

「ああ、まったく思いもしなかった」

源太も応じた。

聖天町の『樽屋』の前で、ふたりと別れた。

もう、『樽屋』は暖簾《のれん》を外していたが、戸を開けると、越野十郎太が酔いつぶれて壁に寄り掛かって目を閉じていた。

いくら揺すっても起きないので、小女《こおんな》が泣きそうな顔をしていた。

「お帰りなさい」

孝助を見て、小女がほっとしたような顔をした。

「お願いします」

「ああ、いいよ」

孝助がそばに行くと、声をかける前に十郎太が目を開けた。

「おや、俺だけか」

辺りを見回して言う。

一瞬、十郎太と目があった。銭を置き、十郎太はよろけながら戸口に向かった。

五

翌朝、孝助はいつものように待乳山《まっちやま》聖天に行った。ここにお参りをするのは日課になっている。

待乳山聖天は十一面観音菩薩《ぼさつ》の化身である大聖歓喜天を祀《まつ》ってあり、大根をお供えしている。大根は身体丈夫と夫婦和合、一家繁栄を表している。

しかし、孝助の願いは料理屋『なみ川《かわ》』の再興だ。十年前、『なみ川』は食中りにより客ふたりを死なせて、父はお縄になった。

そのとき、京で板前修業をしていた孝助は急ぎ立ち返ったが、待っていたのは主人である父の牢獄死と母の死、さらに『なみ川』の没収だった。妹のお新《しん》は親戚《しんせき》に引き取られていた。

その後、自棄《やけ》になった孝助は江戸を離れ、上州に行った。

この十年間、上州などの各地を転々とし、行き着いた館林《たてばやし》の呑み屋で板前をしているときに、客で来ていた博徒の男から重大なことを聞いた。

岡っ引きの文蔵は、ほんとうなら小伝馬町の牢屋敷にぶち込まれてもおかしくない人間だったが、『なみ川』の没落に手を貸したおかげで岡っ引きになれたのだと。

そのことばをきっかけに、半年前に、孝助は二度と足を踏み入れまいと誓ったこの地に舞い戻ったのだ。

そして、昔、『なみ川』で板前をしていた喜助とばったり会った。喜助は『なみ川』が没落する一年前に独り立ちして深川に店を持った。だが、おかみさんの死をきっかけに、この地に戻り、一膳飯屋『樽屋』をはじめた。

喜助もまた、『なみ川』の件には疑いを持っていた。『なみ川』の没落の裏に何があったのか。それを探り、『なみ川』を再興させる。そのために孝助は立ち上がったのだ。

まずは文蔵だ。だが、文蔵がおいそれと話してくれるはずはない。文蔵の手下になり、手柄を立てて文蔵の信頼を得る。それが唯一のとっかかりだった。

お参りを済ませて踵を返し、孝助は目を細めた。

大川を見晴らせる場所に、十郎太が立っていた。孝助は近づいて行く。

かなたに筑波《つくば》の山を眺め、大川の対岸に三囲《みめぐり》神社の常夜灯、渡し船は川の真ん中に差しかかっていた。

「ここでは感じないが、風はあるのか、波が高そうだ」

後ろを見ずに、十郎太が言う。たしかに、大川は白い波が立ち、船が少し揺れている。

十郎太の横顔は厳しい。ゆうべの酔いつぶれていた姿とは別人だ。もっともあの姿はわざと周囲に見せつけている。

「何を考えているんですかえ」

孝助は大川に目をやりながらきく。

「風光を味わっていた」

「そんな顔じゃありませんでしたぜ」

「ときたま、俺は何をしているのだと思うことがある」

「焦ってはだめですぜ」

「わかっている。だが、そなたが文蔵からきき出すしか他に手掛かりがつかめないことが歯がゆい」

十年前、『なみ川』で食中りが起きた。当時板前だった千吉《せんきち》は腕は一流だ。そんな板前が食中りを起こした。死んだ客は『なみ川』にはじめて上がった客だ。やくざ者らしいふたりの男で、博打で大勝ちして『なみ川』にやって来た。そのふたりが食中りで死んだのだ。だが、ふたりの名も誰も知らなかった。

ところが、この食中りでもうひとり死んでいたという。諸角《もろずみ》家江戸家老の渡良瀬《わたらせ》惣右衛門《そうえもん》である。

去年の秋、国表で十郎太の父と親しい武士が亡くなった。その臨終の間際十郎太に、「そなたの父上は『なみ川』の件で口封じをされた」と語った。それしか聞き取れなかったが、十郎太は真相を突き止めようと、浪々の身になって江戸に出て来た。

十郎太の父は『なみ川』の件からひと月後、上屋敷に近い三味線堀《しゃみせんぼり》で何者かに闇討ちに遭い、落命したという。

渡良瀬惣右衛門が、『なみ川』に何のために、そして誰と行ったのかは不明である。そして、なぜ、殺されたのか。父は何を知っていて口封じをされたのか。十郎太はそのことを調べるために、この地にやって来たのだ。

「小耳にはさんだんだが、『市兵衛ずし』の握りずしに毒が入っていたそうだな」

十郎太がふいに顔を向けた。

「そうです。ひでえ真似をしやがる。ふたりが死にましたからね。牢内にいる雲間の虎一を解き放ちしろという投文が奉行所に来ました」

「では、殺されたのは関わりない人間か」

「ええ、投文の中身とは無縁のひとたちです」

「市太郎はどうしている？」

「商売に出るのを止められて家にいます。完全に疑いが晴れたわけではないので」

「そうか。災難だったな」

同情したので、孝助はきいた。

「知っているんですかえ」

「地廻りにいたぶられていたのを助けたことがある」

十郎太は表情を曇らせて言う。

「そうですか。知り合いだったんですか」

「ああ。それにしてもすしに毒を入れるなんてな」

「コハダだけです。ふたりともコハダを食ったあとで苦しみだしたそうです」

「江戸の人間はコハダが好きだからな」

十郎太は溜め息混じりに言う。

「ところで、毒はなんだ？」

「トリカブトです」

「トリカブトか」

十郎太は目を細めた。

「何か」

「いや……」

はっとしたように、十郎太はあわてて答える。何か、他のことを考えていたようだ。

「で、死んだのは誰だ？」

「ひとりは長屋の住人ですが、もうひとりは旗本です」

「旗本？」

十郎太が不思議そうに言う。

「旗本の山川三右衛門というひとです。『角野屋』っていう献残屋を訪れ、手代が買ってきた土産のすしを食って毒死したんです」

「コハダを食べたのだな」

「そうです」

「武士がコハダをか……」

十郎太は首をかしげた。

「それより、たいへんな事態になっているんです。さっき話した投文には牢内にいる雲間の虎一という盗っ人を解き放さないと、さらに毒死者が出るとあったそうです」

孝助は怒りを隠し切れずに言う。

「雲間の虎一か。そんな大物なのか」

十郎太は不思議そうに言う。

「ひとり働きの盗っ人だそうですが、ふたりでひとりの虎一を演じていたのではないかという見方もあるそうです」

「ふたりでひとりな」

十郎太は首をかしげた。

「虎一は死罪になるのか」

「盗んだ金は半端じゃありません。当然、死罪でしょう」

「なぜ、仲間は解き放そうとするのだ？」

十郎太はきく。

「そりゃ、仲間を助けたいんじゃないですか」

「そのために、何人もの人間を犠牲にしていいと思っているのか」

「何か、疑問が？」

孝助は不思議そうにきく。

「いや」

十郎太は考え込んでから、

「で、雲間の虎一のお解き放ちは考えられるのか」

「奉行所はそんなことはしません」

「だろうな」

「しかし、これ以上、犠牲を出してはなりません」

「何か手掛かりはあるのか」

「これから、芝に行きます。虎一がお縄になったときの状況が気になるので。それを調べてきます」

「手伝うことはないか」

「そのうち、手伝ってもらうようになるでしょう」

十郎太の手を借りなければならなくなるだろうと、孝助は思っている。

「そうか」

十郎太も、孝助が文蔵の信頼を得ることを期待しているひとりだ。

鳥居をくぐって来る男女がいて、ふたりは話を打ち切った。どちらからともなく、石段に向かっていた。

ふたりは待乳山聖天を出て、今戸橋《いまどばし》を渡り、大川沿いを行く。やがて、黒板塀の大きな料理屋が現われた。今は『鶴の家《つるや》』という看板が出ているが、かつての『なみ川』だ。

子どもの頃に馴れ親しんだ見事な枝振りの松が塀の内側に見える。あの松だけは、今も昔と変わらぬ姿を見せていた。

待乳山聖天にお参りをしたあと、必ずここにきて、『鶴の家』を見ながら『なみ川』再興の決意を新たにするのだ。

「十年前の食中り……」

十郎太がふと口にした。

「なんですね」

「あれは食中りではなく、トリカブトの毒で死んだとは考えられないか」

「なんですって。あっ」

孝助はあのときの文蔵の顔を思いだした。清六の亡骸を見て、トリカブトかもしれねえと言ったのだ。

文蔵はかつてトリカブトで死んだ人間を見たことがあるのだ。それは『なみ川』ではなかったか。

孝助は思わぬ一致に心の臓の鼓動が激しくなっていた。

六

市太郎は虚しく長屋にいた。なぜ、商売に出かけちゃならないんですかという問いに、

「おめえのすしを食ってふたり死んだんだ。大番屋にしょっぴかれないだけありがたいと思え」

と、文蔵は吐き捨てた。

これじゃ、まるでこっちが毒を盛ったと言っているようなものじゃねえか。市太郎は悔し涙を呑んで、思わず「ちくしょう」と叫んだ。

「おまえさん」

おこまが不安そうな目を向けた。

「もう商売出来なくなっちまうんだろうか」

「冗談じゃねえ。こっちは何も悪いことをしていねえんだ」

商売に出られなくなって、市太郎は胸を掻《か》きむしって悔しがっているばかりではいられなかった。

奉行所に投文が届いた。それでも、こっちの疑いが完全に晴れたわけではないという。俺が投文を書いた人間の仲間ではないという証《あかし》がないだと。ふざけるなと、市太郎は叫びたかった。

市太郎は奉行所とは別の考えを持った。これは俺の商売を邪魔し、潰《つぶ》そうとする人間の仕業ではないかと考えた。

駒形町にある瀬戸物屋の塀の前に屋台を出したのは半年前だ。奉行所にも許可をもらって商売をはじめたが、島吉《しまきち》という地廻りがここで店を出すなら金を出せと言ってきた。

市太郎は払う必要はないと断わった。場所を使わせてもらっているので、瀬戸物屋には僅かだが払っている。それ以外の金は必要ないと突っぱねた。

すると、翌日、地廻りが仲間とともに三人でやって来て、屋台を潰そうとした。やめさせようと飛び掛かった市太郎に、三人は殴る蹴《け》るの暴行を働いた。

通りかかった越野十郎太という浪人が割って入って助けてくれた。三人は浪人に痛めつけられた。それから、しばらく浪人が見張ってくれて、島吉たちもようやく諦《あきら》めた。

今回のことは島吉の仕業ということはないか。『市兵衛ずし』の評判を貶《おとし》め、店を潰そうとしているのかもしれない。

その一方で、おこま絡みかもしれないという思いもある。

女房のおこまは両国の『華屋』で女中をしていた。目のぱっちりした明るい女で、おこま目当てにくる客も多かった。

中でも、おこまに懸想していたのは、本所亀沢町《かめざわちょう》にある質屋『丸福屋《まるふくや》』の倅久太郎《ひさたろう》だった。色白のにやけた男で、我《わ》が儘《まま》で傲岸《ごうがん》、性格も残忍だった。

金をいくら積んでも女房にしたいと言っておこまを追いかけまわした。だが、おこまが市太郎と所帯を持つと知ると、市太郎を仇《かたき》のように恨んだ。

今回のことは、久太郎の仕業と思えなくもない。

まだ、ある。『華屋』の朋輩《ほうばい》だった板前の音松《おとまつ》だ。この男は、客に出す料理をしくじり、虫を混入したまま出してしまった。客は怒り、主人与兵衛が平謝りした。音松は虫の混入に気づかなかったのは市太郎が悪いのだと言い張り、すべて責任を押しつけた。そのことがあとになって主人の知るところとなり、勘気をこうむった。

それからというもの、音松は何かと市太郎を敵視するようになった。いい迷惑だが、音松は市太郎が独り立ちするときにも、絶対に邪魔してやると陰で言っていた。その後、音松は『華屋』を辞めていった。

まさかとは思うが、音松が市太郎の商売がうまくいっているのを妬《ねた》んで、あのような真似をしたのではないか。

いつ、毒を入れたのか。岡っ引きが言うように、釣り銭を忘れた年寄りを追いかけていったときだ。あの間、確かに、屋台は無人だった。

毒を入れた人間はどこかで屋台を見張り、毒を入れる機会を窺っていたに違いない。

このまま手をこまねいているわけにはいかない。

市太郎は立ち上がった。

「おまえさんどうしたのさ」

「ちょっと出かけてくる」

「出かけるってどこに？　へたに動き回ったら、また疑われるんじゃないのかえ。今はじっとしていたほうがいいと思うけど」

「いや、ひょっとしてという男が三人いる。当たってみるんだ」

「だめだよ。それなら、文蔵親分に言ったほうがいいよ」

「いや。確かな証があるわけじゃねえ。もし、見当違いだったら、迷惑をかけちまうことになる。それに、文蔵親分たちは投文のほうの探索に力を注いでいる。こっちの言うことなんて聞く耳はもたねえ」

「でも、おまえさん」

おこまは引き止める。

「後生だから、きょうは外に出ないでおくれな。もしかしたら、お役人はおまえさんが隠れて何かしていると思うかもしれないよ」

「……ちょっと待て」

市太郎は戸口に行き、腰高障子を少し開けて外を見た。奉行所の小者らしき男の姿が見えた。

すぐに腰高障子を閉めた。

「ちくしょう。見張ってやがる」

戻ってきて、市太郎は歯嚙《はが》みをした。

「あの旦那に頼んでみようか」

市太郎は呟く。

「あの旦那？　十郎太さまかえ」

「そうだ。十郎太さんにすがってみよう」

「でも、どうやって知らせに行くのさ」

「隣のかみさんに使いに行ってもらおう。おこま、頼んできてくれねえか」

「わかったわ」

おこまが戸口に向かいかけたとき、いきなり腰高障子が開いた。浪人が立っていた。

市太郎は信じられないものを見るように見ていた。

「十郎太さん」

やっと、市太郎は声を出した。

小者の目が十郎太に強く注がれているに違いないと思いながら、市太郎は十郎太の姿を見て喜びを抑えきれなかった。

「入ってくだせえ」

十郎太を引き入れ、市太郎は戸を閉めた。

「たいへんな目に遭ったそうだな」

十郎太が同情した。

「よく、来てくださった」

市太郎は十郎太を見て、思わず涙ぐんでいた。

「十郎太さま。今、お噂《うわさ》をしていたのです」

女房のおこまが安心したように言う。

「何か出来ることがあれば、力になろう」

「ありがてえ。このとおりだ」

市太郎は深々と頭を下げた。


孝助は今戸から一刻半（三時間）ほどかかって、芝神明町にやってきた。東海道を行く旅姿の男女や増上寺《ぞうじょうじ》参詣のひとたちで人通りは多い。

この時間は金吉親分は旦那の同心といっしょに町廻りに出ているだろうと思い、自身番に寄り、

「恐れ入ります。金吉親分は今、どの辺りにいらっしゃいましょうか」

と、訊ねた。

家主はじろりと見て、

「見掛けない顔だが、おまえさんは？」

と、きく。

「へい。あっしは浅草でおかみの御用を預っている文蔵の手下で孝助と申します」

「そうですか。金吉親分はきょうは顔を出していません。きょうは町廻りではなく、探索のためにどこかに出かけているのでしょう」

「わかりやした」

礼を言い。孝助は自身番を出た。

虎一の仲間を探しているのだろう。やはり、当てがあるのか。

探し回ること四半刻《しはんとき》（三十分）余り、露月町《ろうげつちょう》の町木戸の前でばったり会った岡っ引きがいたので、孝助は声をかけた。

「失礼でございますが、金吉親分でしょうか」

「そうだ。おめえは？」

同心の姿はなく、金吉はふたりの手下を連れていた。

「へえ。浅草から来ました」

「なに、わざわざ俺に会いに来たのか。ひょっとして、おめえは？」

浅草と聞いて、金吉は察したようだった。

「文蔵の手下でございます」

「蝮の文蔵か。悪名はこっちまで轟《とどろ》いているぜ」

金吉は口許を歪めた。

「恐れ入ります」

金吉は四十前後で、腹が出て貫禄《かんろく》のある体つきだ。耳たぶが異様に大きい。福耳だが、どことなくいやしさが四角い顔に滲《にじ》み出ている。

「俺に何の用だ？」

道端に移動しながら、金吉がきいた。

「へえ、じつは雲間の虎一のことでして」

「そのことか」

金吉は顔をしかめた。

「へい。浅草界隈で、ふたりがトリカブトの毒で死にました。そしたら、奉行所に投文が舞い込んだというじゃありませんか。虎一を解き放ちしないと、また死人が出ると」

「ふざけやがって」

金吉は苦々しい顔をした。

「これ以上、犠牲を出したくありません。それで、虎一を捕まえた金吉親分に助言をいただきたいと思いまして」

「…………」

金吉は苦い顔をしている。

「虎一には仲間がいたんでしょうか。あるいは敵対する人間が？」

なぜ、虎一が忍び込む場所がわかったのかという問いはすぐには出来そうもなかった。金吉は誇りが高そうだ。へたに傷つけると、へそを曲げられかねない。

「確かに、死人が出たのは浅草だ。だが、虎一を捕まえたのは佐々木の旦那と俺だ。俺たちがふざけた野郎をとっ捕まえてやる。文蔵にそう言っておきな」

「へい。でも、そのお手伝いをさせていただければと思いまして。なにしろ、文蔵のしま内で起きたものですから」

孝助はあくまでも下手に出る。

「場所は関係ねえな。かえって、下手人はその近辺には住んでいねえことを物語っている。事件を起こすなら、住んでいるところから遠く離れた場所でっていう気持ちになるだろうぜ」

「へえ」

「じつはな、こっちには目星がついているんだ」

「えっ、ほんとうですかえ」

孝助は目を見張った。

「奴には女がいた」

「女？」

「情婦だ」

「なるほど。情婦ですかえ」

「そうだ。毒殺だったら女でも出来る」

確かに、金吉の言い分にも一理ある。

「親分はその女の居場所に見当がついているんですかえ」

孝助は確かめる。

「そうだ。今日中にもけりがつく。心配するな」

「そうだったんですかえ。ちなみに、女はどこに？」

「そんなこと、おめえが心配する必要はねえ。帰って、文蔵にそう言っておけ」

「へい。ところで、ちょっと教えていただきたいんですが、雲間の虎一の忍び込む場所に待ち伏せ出来たのはどうしてなんですかえ」

孝助はわざと待ち伏せと言った。

「どういうことだ？」

金吉の目が鈍く光った。

「えっ？」

「どういう意味だってきいているんだ」

「どういう意味ったって、親分が虎一を捕まえたときの様子を知りたいと思っただけです」

「待ち伏せって言ったな」

「へえ。違うんで？」

孝助はとぼける。

「違う。待ち伏せなんか出来るわけはねえ。ただ、奴の仕事振りからして、次の狙いは浜松町辺りと睨んだ。それで、警戒していたら、盗みを終えて引き上げる奴とばったりあったというわけだ」

「そうだったんですかえ。でも、親分はたいしたもんだ」

孝助はわざと褒めた。

「なんだと?」

「だって、雲間の虎一が忍び込む場所に見当をつけて張り込んでいたといえば、親分の眼力の自慢になるじゃありませんか。うちの親分なら、そう言ったと思いますぜ」

「ふん」

金吉は鼻で笑った。

「ところで、虎一の女のことはどうしてわかったんですかえ」

「おう、いちいち、おめえに説明なんかしている暇はねえんだ」

金吉は怒りだした。

「すみません。じゃあ、あっしは引き上げます。下手人の見当がついたようだと、文蔵に知らせておきます」

「とっとと失《う》せろ」

金吉は追い立てた。

「へい。では」

孝助は金吉から離れた。

東海道を戻りながら、やはり、垂れ込みがあったに違いないと思った。待ち伏せていたと言ったとき、金吉は顔色を変えた。ほんとうに待ち伏せていたからだ。事前に知っていたことを隠したかったのだ。

それに、毒を盛ったのは女だと言った。おそらく、虎一を売ったのは仲間なのだろう。それを情婦が助けようとしているのだ。

しかし、おかしい。虎一を売ったのが仲間だとしたら、どうして虎一は仲間のことを黙っているのか。自分を裏切った男を守るとは考えられない。

あっ、と孝助は気がついた。金吉は、毒を使ったのは虎一の情婦だと言っていたが、嘘《うそ》かもしれない。いい加減なことを教えたのではないか。

いや、虎一に女がいたことは間違いない。だが、ほんとうに情婦だったか。それとも、虎一が一方的にしつこく言い寄っていただけなのか。

虎一を売ったのが女で、助けようとしているのは仲間ではないか。

虎一は自分の情婦に裏切られた。だが、仲間が助けようとした。なぜ、仲間がそこまでして助けようとするのか。やはり、金の隠し場所を知りたいのかもしれない。

そんなことを考えながら、孝助はまた一刻半をかけて浅草に戻った。

第二章　第三の死

一

芝から戻って、文蔵の家に辿《たど》り着いたときには、残照も消えて、すっかり暗くなっていた。すでに他の連中は来ていて、きょうも、孝助が最後だった。だが、きょうは芝からの帰りなので、亮吉は冷たい一瞥《いちべつ》をくれただけで厭味《いやみ》は言わなかった。

「どうだった？」

長火鉢の前にでんと座った文蔵が煙管《きせる》を手にきいた。

「へえ。やはり、金吉親分はとぼけていました」

「そうだろう」

文蔵は不快そうに顔を歪《ゆが》めた。

「でも、少し見えてきたこともあります」

孝助は膝《ひざ》を進めた。

「金吉親分は、毒を盛った人間に心当たりがあるようなことを言ってました」

「ほんとうか」

文蔵はまたも苦い顔をした。金吉に手柄をとられるのが面白くないのだろう。

「あっしには、虎一の情婦だった女を疑っているように言ってました。女なら、毒を盛ることが出来ると」

「情婦がいたのか」

「そのようです。でも、女がそんな大それたことをするとは思えません」

「うむ」

「それから、虎一を捕まえたのは垂れ込みがあって、待ち伏せていたからに違いありません。盗みでつるんでいた仲間か情婦のどっちかが虎一を売ったに違いありません」

「どっちなんでえ」

亮吉がいらだったようにきく。

「あっしの考えじゃ、女が虎一を売ったんじゃないかと。虎一は女に寝物語で、忍び込む場所を口にした。女はかねてから虎一と別れたがっていた。そこで、金吉親分に垂れ込んだという筋書きです」

「じゃあ、虎一を助け出そうとしているのはつるんでいた仲間か」

文蔵がきく。

「ええ。虎一には仲間がいたのだと思います。金吉親分は女が仲間のことを知っていると思っているんじゃないでしょうか。だから、女から聞き出して、すぐ捕まえられる自信を持っているんだと思います」

「だが、仲間のほうだってばかじゃないだろう。虎一を売った女に居場所を教えていないはずだ。金吉がその仲間に辿り着けるとは思えねえが」

文蔵は顔を歪めて、

「いずれにしろ、金吉め。目星をつけてやがるのか」

と、悔しそうに言う。

「孝助。なんで、金吉親分に張りついていなかったんだ？」

亮吉が口をはさむ。

「あっしは強がりだと思ったんです」

「強がり？」

「ええ。女が虎一の仲間の居場所を知っているとは思えません。今、親分が仰《おつしや》ったように虎一を売った女に居場所を教えていないはずです」

「しかし、虎一の情婦だったら、自分の男の仲間の居場所を知っていてもおかしくはねえ。それなのに、最初から知らねえはずだと決めつけてかかっていいものか」

亮吉が口の端に冷笑を浮かべた。

「いえ。女は虎一だけを売るでしょうか。仲間の男に仕返しをされるかもしれねえ。売るなら、ふたりともお縄になってもらわなければ、安心出来ねえはずじゃ」

孝助は反論する。

「それに、今に至るまで仲間を放《ほう》っておくのもおかしい。どうして早く捕まえなかったのか。金吉親分は仲間の居場所は知らねえんじゃないでしょうか」

「いや、泳がせていただけかもしれねえ。おめえは、のこのこ帰ってこねえで、金吉親分のあとをつけて女のことを……」

「亮吉、よせ」

文蔵が止めた。

「言い合っても仕方ねえ。どうせ、明日になればわかることだ」

「へえ」

亮吉は口許《くちもと》を歪めた。

「それより、亮吉。他の屋台のほうはどうだ？」

「へい。注意を呼びかけながら確かめましたが、毒をもられたようなところはないようです。ただ、浅草、下谷《したや》界隈《かいわい》の屋台だけですが」

亮吉は答える。

「源太。おめえのほうはどうだ？」

「釣り銭を忘れていった年寄りを探しましたが、まだ見つかりません。年寄りのことなので、そんな遠くからやって来たとは思われないんですが、明日はもう少し足を延ばして、稲荷町《いなりちょう》から先を調べてみようと思ってます」

「そうか。峰吉のほうはどうだ？」

「浅草、下谷、神田などの薬種問屋を当たりましたが、トリカブトを扱っているところでも、盗まれたり、紛失したりしているところはありませんでした」

「そうか」

「ただ、薬種問屋の主《あるじ》が、山で自生しているトリカブトを持ち帰り、どこかで栽培している人間がいるのではないかと言ってました」

「なんだと。トリカブトを栽培だと」

「へえ。もちろん、御法度だから密《ひそ》かに……。そんな噂《うわさ》を聞いたことがあると」

「………」

孝助は十郎太の言葉を思いだした。十年前の『なみ川』での食中《しょくあた》り騒動。実際はトリカブトが使われたのではないか。そう言った。もちろん、思いつきでしかない。おそらく、十郎太は、諸角家江戸家老渡良瀬惣右衛門の死に対する疑いからとっさに思いついたのであって、それを裏付けるものは何も残っていない。

ただ、清六の亡骸《なきがら》を見た文蔵は即座にトリカブトではないかと口にした。かつて、トリカブトの毒で死んだ人間を見たことがあるのだ。それが、十年前の『なみ川』での食中りのときだという証《あかし》はどこにもないが……。

格子戸の開く音がした。

「あら、旦那《だんな》。どうぞ」

文蔵のかみさんの声だ。

「来なすったか」

文蔵が居住まいを正した。

丹羽溜一郎が刀を右手に持って入って来た。どこか憤然とした顔だ。

「旦那」

文蔵が怪訝《けげん》そうに見て、

「何か、あったんですかえ」

「ちくしょう。佐々木恭四郎の野郎、大口を叩《たた》きやがった。事件は私が解決させます、二度と毒死者は出させませんと、上役の前でぶちやがった。虎一を捕まえたのは幸運に恵まれただけだっていうのに、調子に乗りやがって」

溜一郎は忌《い》ま忌《い》ましげに言ってから、

「どうだ、何かわかったか」

と、文蔵に乱暴にきいた。

「いえ。毒を投入した経緯や、トリカブトの扱いの件で薬種問屋を調べましたが、何も得られませんでした。ただ、芝の金吉に会って来た孝助が面白いことに気づきました」

「面白いこと？」

気持ちが引かれたように、溜一郎は真顔になった。

「虎一を捕まえたのは幸運に恵まれたんじゃなくて、垂れ込みがあったに違いないと」

「垂れ込み？」

溜一郎が孝助の顔を見た。

「へえ。あっしの感触ですが、垂れ込みがあって張っていたようです。偶然に出会った同心と悶っ引きにあっさり捕まるようなへまを、虎一がしたとは思えませんからね。やはり、虎一には仲間がいたと思います。それと情婦。垂れ込みは女だったか、男だったか」

孝助は文蔵に話したことを繰り返した。

「なるほどな。垂れ込みが女なら、助けようとしているのは仲間の男。これは一千両の行方を知るため。垂れ込みが男なら、好きな男を助けようという女の仕業か」

溜一郎は頷《うなず》く。

「金吉親分はあっしには毒を盛ったのは情婦だと言ってましたが、あっしにほんとうのことを言うとは思えません」

「うむ」

溜一郎は唸《うな》った。

「しかし、仲間の男が一千両を独り占めしようとして、虎一を売ったってことも考えられますぜ。それだったら、情婦が虎一を助けようとするでしょう」

亮吉があえて孝助に逆らうように口をはさむ。

そうではないと、孝助は言おうとして思い止《とど》まった。亮吉の恨みを買うだけだ。だが、代わりに、文蔵が言った。

「虎一は仲間のことを喋《しゃべ》ってねえ。裏切られたら、黙っていねえはずだ」

「そうですねえ」

亮吉がすごすごと引き下がった。

もし、同じことを孝助が言おうものなら、虎一は女に裏切られたと思っているのかもしれねえと、食ってかかるに違いない。そう思って、はっとした。そういうことも考えられる。

「親分。今、あっしが自分で言ったことを覆すようですが……」

孝助は考えながら口にする。

「なんだ、言ってみろ」

「へい。仲間の男にだって情婦がいたかもしれません。その女に虎一の情婦だと名乗らせて垂れ込ませれば、虎一は仲間が売ったとは思わないかもしれませんぜ」

孝助の助け船に息を吹き返したように、亮吉は口を開いた。

「そうだ。一千両の在り処《あか》をききだすために虎一を助けようとするより、独り占めにするために垂れ込ませると考えたほうが自然じゃありませんか」

「確かにな」

文蔵が頷き、

「いずれにしろ、虎一の情婦が助けようとしたことは考えられるな。悔しいが、金吉の狙《ねら》いどおりか」

と口許を歪めてから、

「癪《しゃく》だが、また金吉に手柄を持っていかれるか」

「親分。この件に関しちゃ、金吉親分や佐々木の旦那には秘密があるんですぜ」

また孝助は口をはさむ。

「どういうことだ？」

「あっしの思い過ごしかもしれませんが、金吉親分はどうして垂れ込みがあったってことを言わず、偶然に出くわせたと言ったのでしょうか。これは、疚《やま》しいことがあるから言えなかったんじゃないでしょうか」

「疚しいこと？」

「そうです。ほんとうは、虎一の仲間からの垂れ込みだった。自分を見逃す代わりに、虎一の忍び込み先を教える。そういう約束が取り交わされた。垂れ込みのことを虎一に隠すために、偶然に出くわせたと言った。そういうことも考えられます」

「単なる垂れ込みがあっただけでなく、金吉は虎一の仲間と取引をしたっていうことか」

「ええ。だから、情婦が虎一を助けようとしていると思った。情婦のことは垂れ込んだ仲間の男からききだせば、明日にでも解決出来ると踏んだ」

「そうだとしたら、佐々木恭四郎と金吉は、虎一の仲間を逃がしたことになるな。これは、大問題だ」

溜一郎がにんまりした。

「ただ、あっしにはあの毒殺は女の仕業とは思えないんです。確かに、毒を塗るだけで、じかに死人を見ることはないので後味の悪さはないかもしれません。ですが、何人もの罪のない人間を殺すほどの残忍さがあるとは思えないんです」

「女は好きな男のためなら鬼にもなる。毒婦なんて、たくさんいるからな」

亮吉が片頰《かたほお》を引きつらせて笑った。

「ともかく、ここでわあわあがやがや言ってもはじまらぬ。結果は明日になればわかるんだ」

溜一郎が溜《た》め息混《いき》じりに言う。

「でも、金吉親分たちの読みが外れる恐れは十分にあるんじゃありませんか。明日中に虎一を解き放さなければ、またどこかで毒を盛るって下手人は言っているんです。だから、金吉親分は明日中にも下手人を捕まえなければなりません。しかし、もし見当違いだったら、たいへんなことになります」

孝助が気負って言う。

「どうするって言うんだ？」

「このことを佐々木さまか金吉親分に確かめたほうがいいかもしれません」

「孝助の言うとおりだ。よし、明日、佐々木恭四郎を問い詰めてみよう。ほんとに捕まえられるのかときいてみる。面白くなったな」

溜一郎は含み笑いをした。

「旦那。どうやら、佐々木さまと金吉の青くなった顔が拝めそうですね」

文蔵も嬉《うれ》しそうに笑った。

孝助は啞然《あぜん》とした。手柄を持っていかれることだけが大きな問題であって、罪のない者が毒殺されるかもしれないことにさほど気持ちは向かっていないようだった。

二

一夜明けた。

市太郎は厠《かわや》に行った。辺りを見回したが、奉行所の人間は見当たらなかった。ゆうべもいなかったので、どうやら市太郎の見張りを解いたようだ。疑いが晴れてほっとしたが、きょうも商売に出られそうになかった。

いや、へたに商売に出て、また毒を入れられたら市太郎は窮地に追い込まれる。ますます、疑いが自分に集まるだろう。

ここはじっと我慢をしなければならない。ただ、心配があった。商売を再開して、客が以前のように来てくれるだろうか。毒入りの握りずしを出したという悪い噂が流れて、客足が減ってしまうのではないか。

そんな恐れに、胸が塞《ふさ》がれそうになる。

四つ（午前十時）すぎに、十郎太が市太郎の家にやって来た。

「相変わらず、小者が見張っているな」

「えっ、そんな」

市太郎は急いで腰高障子を開け、首を出した。木戸のほうに男が立っていた。

「見張りはいなくなったと思っていたんだが」

市太郎はやりきれないように言い、悄然《しょうぜん》として部屋に戻った。

十郎太は刀を外して、上り框《がまち》に腰をおろした。

「十郎太さん。すみませんでした」

市太郎が畏《かしこ》まって言う。

「いや。なんてことはない。島吉に会ってきた。島吉ではないな」

十郎太があっさり言った。地廻《じまわ》りの島吉の嫌がらせも考えたのだ。

「違いますか」

「もう二度と『市兵衛ずし』に手を出さないと約束したことを覚えていた。それに、毒を入れて『市兵衛ずし』の評判を落としたとしても、自分たちに一銭の儲《もう》けにもならないと言っていた。嘘《うそ》ではないようだ」

「そうですか」

「次は、『丸福屋』の倅久太郎だが、この男は勘当されて、今は巣鴨《すがも》にある母親の実家で暮らしているそうだ。番頭の話では、向こうでも相変わらずらしい」

「まだ、おこまのことを？」

市太郎は身を乗り出した。

「いや。どこかの呑《の》み屋の女に入れ込んでいるらしい。親が嘆いていたそうだ。人間の性根は変わらないようだ」

十郎太は呆《あき》れたように言う。

「久太郎も違いますか」

ほっとしたような落胆したような複雑な気持ちで頷く。

「うむ。ただ、板前の音松の行方がしれぬ」

「まさか、音松が……」

市太郎は急《せ》いてきく。

「いや。音松は小田原《おだわら》に行ったという者もいた」

「小田原ですか」

「さよう。確かめられぬが、音松の仕業とは思えぬ。いやがらせのためにひとの命を奪うような真似《まね》はしまい」

「そうですね」

市太郎もだんだん音松でもないような気がしてきた。

「きのうも申したように、奉行所は投文に書かれた雲間の虎一との関《かか》わりを追っている。真の狙《ねら》いはそなたではないだろう。ただ」

「ただ？」

「毒を入れるなら、どこでもよかった。そなたの屋台に目をつけたのはたまたまだったと思う。しかし、そなたの店を知っていたからかもしれない。音松である必要はない。かつて、『市兵衛ずし』の客だったかもしれない」

「客ですか」

市太郎は溜《た》め息《いき》をついた。客の中から怪しい人間を選び出すのは無理だ。

「あと、考えられるとすると、虎一と音松が知り合いだということだ」

「ふたりが知り合い？」

「そうだ。虎一は『華屋』の客だったかもしれない。ふたりは親しい間柄だった。だから、音松は虎一を助けようとした」

「………」

「まあ、これは考えすぎだと思うが……。念のために、市太郎さんが『華屋』に行って主人にきいてみるといい。虎一らしき客がいたかどうか。俺では教えてくれない」

「わかりました。動けるようになったら『華屋』に行ってみます」

市太郎は身を引き締めて言う。

「もう一度、確かめるが、釣り銭を忘れた年寄りははじめての客だったのだな」

「はい。そうです。でも、毒を入れるような人間の仲間には見えませんでした。釣りを渡しに行った間に毒が入れられたのかもしれませんが、年寄りは関わりないと思います」

市太郎が屋台を留守にしたのは、その間だけだ。その年寄りの件があったあとに、遊び人ふうの男と『角野屋』の手代がやって来たのだ。

「遊び人ふうの男ははじめてか」

十郎太はなおもきく。

「はじめてです。ただ、一度、『華屋』で握りずしを食べたことがあると言ってました。博打《ばくち》で勝ったときだそうです」

「名前はきいてないんだな」

「聞いてません。その遊び人ふうの男は毒を入れることは出来ませんよ。あっしとずっと相対してすしを食っていたんですから。怪しい素振りもありませんでした」

「そうか」

十郎太は難しい顔をして、

「投文がいたずらでなければ、今夜中に虎一が解き放されなければ、新たに毒死者が出るかもしれない。用心して、明日も家から出ないほうがいい。もし、出かけていて毒死者が出たら疑られる」

「わかってます。でも、また、死ぬ人間が出るなんて。なんとか、止められないんですかねえ」

「難しいな。毒死させる人間は誰でもいいんだから」

十郎太は厳しい顔で言う。

「こうなると、じっと待っているしかありませんかねえ」

「仕方あるまい。ただ、なにもしないのも苦しいだろう。新しいすしを考えたらどうだ」

「そうですね。くよくよしてもはじまらねえ。ちょっと工夫をしてみますよ」

「それがいい。ところで、遊び人ふうの男のことだが」

十郎太はまだ気にしている。

「三十半ばの鋭い顔立ちだということだったが？」

「へえ。頬が削《そ》げ、頬骨が出ていました」

「賭場《とば》に出入りをしていると話していたそうだが、どこの賭場かはきいていないか」

「いえ、聞いてません。その男が何か」

「いや」

十郎太は首を横に振って立ち上がった。

「また、明日にでも顔を出す」

そう言い、十郎太は引き上げて行った。

「おまえさん」

おこまが声をかけた。

「くよくよしちゃいられないわ。商売が再開出来たとき、何か目新しいすしを思いつかないと、客を呼び込めないかもしれないよ。何か、新しいものを考えましょう」

「そうだ。よし。やってやろう」

市太郎は自分自身に活を入れるように踏ん張って言った。


その夜、孝助は文蔵とともに、八丁堀の丹羽溜一郎の屋敷に行った。溜一郎はまだ、奉行所から帰っていなかった。

庭先で待った。金木犀《きんもくせい》の香りがしている。秋もたけなわだ。

ついに投文の期限の一日が終わろうとしている。佐々木恭四郎と金吉が自信をもっていた探索もこの刻限までうまくいったという知らせは届いていない。

おそらく失敗に終わったのであろう。恐れていた結果になった。溜一郎の帰りが遅いのは、奉行所でそのことの話し合いが長引いているのだろう。

「親分。旦那、遅いですね」

六つ半（午後七時）は過ぎている。

「奉行所もあわてているんだろうぜ。佐々木の旦那や金吉は大口を叩いていたんだ。

いい気味だぜ」

　文蔵は含み笑いをする。

「敵は新しい動きを見せるでしょうか」

　孝助はきく。

「やるだろう」

「また、どこかで死者がでるということですね」

「そういうことだな」

　文蔵は楽しそうに言う。文蔵にとって、死者が出ることはさして問題ではないのだ。手柄を持っていかれることが気に食わないだけだ。犠牲者は文蔵の縄張り内で出ているのに、自分で毒殺者をお縄に出来ないことが体面に関わる。それだけのことだ。

「いいか。こうなったら、なんとしてでも、こっちで下手人を挙げるんだ。いいな」

　手柄を上げたいという意気込みだけは強い。

「へい。必ず」

　孝助は誓った。文蔵のためではない。これ以上の犠牲者を出さないためにも毒殺者を捕まえなければならない。

　だが、それだけではない。この文蔵は十年前に『なみ川』で何があったのかを知っているのだ。それをききだすためには、文蔵の信頼を勝ち得なければならない。そのためには事件を己の手で解決させるのだ。

咳払《せきばら》いが聞こえた。

「旦那が戻ったらしいな」

文蔵が濡縁《ぬれえん》に向かう。孝助もついて行く。

庭先で待っていると、溜一郎が常着に着替えてやってきた。

「待たせたな」

「いえ」

文蔵は腰を折り、

「で、どうでした？」

と、きいた。

「恭四郎の奴、上役の前で、青ざめた顔で、明日までには必ず捕まえると声を震わせていたぜ」

溜一郎は愉快そうに笑った。

明日、新たな犠牲者が出るかもしれない。笑っている場合ではないでしょうと、思わず口に出かかったが、どうにかこらえた。

「新たな犠牲者が出たらどうするんだと、上役に問われ、黙って震えていたぜ。だから、言ってやった。私が手を貸しますとな」

また、溜一郎は楽しそうに笑った。

「でも、旦那。こっちも捕まえられなかったら……」

文蔵が遠慮がちに言う。

「孝助」

溜一郎が声をかけた。

「へい」

孝助は一歩前に出た。

「おめえ、金吉に会っただけで、あれだけのことを探り出したんだ。金吉に食らいついて、虎一捕縛の真相をききだしてこい」

「あっしなんかに、話してくれるとは思いませんが」

「おめえの想像はそんなにはずれてないようだ。いずれにしろ、毒を盛った人間は虎一の周辺にいる人物だ。金吉にわからなくても、孝助なら見つけ出せる」

「旦那。そいつは買いかぶりです」

孝助は大仰に手を横に振った。

「いや。文蔵とおめえが組めば怖いものはない。俺はそう信じているんだ。どうだ、文蔵。俺の目は狂っているか」

「いえ、旦那の言うとおりです」

文蔵の目が鈍く光った。これ以上、溜一郎に褒められたら、文蔵に妬《ねた》まれる恐れがある。孝助はすかさず、

「あっしはただ勝手なことを言っているだけで、それを文蔵親分がまとめてくれているんです。文蔵親分が控えていると思うから、聞き込みも大胆に出来るんでして、あっしは自分ひとりじゃ何も出来ません」

と、へりくだる。

「まあ、いい。ふたりがいるから、俺も安心しているんだ。いいか、俺を第二の佐々木みたいな目に遭わせるな。いいな」

溜一郎は、佐々木恭四郎に対抗して大きなことを口にしたのではないかと思った。

三

翌日は朝早くから、文蔵の手下でそれぞれ手分けして、いろいろな屋台の亭主のと

ころに行き、不審者への万全な注意を呼びかけた。

孝助は芝神明町の金吉に会いに行った。

芝口橋に差しかかったとき、前方から金吉が歩いて来るのに出会った。前回より、余裕のない厳しい顔をしていた。

「金吉親分。文蔵の手下の孝助でございます」

橋の真ん中で、孝助は挨拶《あいさつ》する。

「また、おめえか。おめえを相手にしている暇はねえんだ」

「これからどちらに？」

孝助は食い下がる。

「どこだっていい。おめえには関係ねえ」

「ごもっともでございます。ただ、投文にあるように、敵は新たな動きを見せるかもしれません。これ以上の犠牲者を出すのは奉行所の信頼を損なうことになりかねません。もし、あっしに何かお手伝い出来ることがあったら……」

「ねえよ」

冷たく言い、金吉はどんどん歩き、孝助も足早に追い付く。

「やい」

金吉の手下が、孝助の行く手を塞いだ。

「親分が邪魔だと言っているんだ。行け」

「親分。教えてください。雲間の虎一の忍び込み先を垂れ込んだのは男ですかえ、それとも女ですかえ」

金吉の足が止まった。

「どういうことだ？」

金吉が振り向いた。

「虎一を捕まえた真相を知りたいんです。そこから、虎一を逃がそうとする人間が見えてくるんじゃないかと」

「なぜ、垂れ込みだと考えるのだ？」

金吉の目がつり上がっている。

「虎一ほどの盗《ぬす》っ人《と》なら逃げるときは用心深く周囲を見回してから逃げるはずです。偶然に出会ったとしたら、隠れて相手をやり過ごすんじゃありませんか」

「………」

「ですから偶然に出会ったんじゃねえ。親分たちは、ひと仕事終えた虎一が引き上げるのを待ち伏せていた。そう考えたんです」

孝助はぐっと相手を睨み、

「親分。どうなんですかえ」

と、迫った。

「おめえの言っていることはさっぱりわからねえ」

金吉はなおもとぼけた。

「親分。もし、新たな犠牲者が出たらどうするんですか。目をつけた人間がいるなら、皆で力を合わせて当たるべきじゃありませんか」

孝助は訴える。

「おこがましくて恐縮ですが、ここは文蔵親分と手を組んだほうがよろしいかと思います。いえ、目算があるなら今のままで構いません。ですが、もし、うまくいかなかった場合、佐々木の旦那ひとりが責められてしまいます。あっしを同道していたら……」

「ふざけるな。おい、文蔵に言っておけ。ひとのおこぼれに与《あずか》ろうという、さもしい根性は持つなとな」

金吉は口許を歪め、孝助を振り切って去って行った。

ひとの好意を無にしやがってと、孝助は拳《こぶし》を震わせたが、金吉の姿は小さくなっていた。あとをつけることも考えたが、金吉の行く道が正しいとは限らない。いや、見当違いなほうに探索の手を伸ばしているような気がしていた。

その後、孝助は芝口橋から日本橋まで戻り、さらに浅草御門のほうに急いだ。浅草橋を渡り、蔵前に差しかかったころには昼をまわっていた。腹の虫が鳴っている。『樽屋』まで我慢しようと思いながら先を急いだ。ともかく、金吉親分との話し合いがうまくいかなかったことを知らせなければならない。

そう思っていると、蔵前のほうから文蔵と峰吉が走って来るのに出会った。ふたりとも、血相を変えている。

「親分。何かあったんですかえ」

孝助はいっしょに走りながらきく。

「孝助か。まただ。元鳥越町《もととりごえちょう》にある一膳飯屋《いちぜんめしや》だ」

「毒死だよ」

峰吉も足を緩めずに言う。

鳥越神社の近くにある一膳飯屋の前が野次馬で騒然としていた。

「どけ」

文蔵が怒鳴って野次馬を蹴散《けち》らす。

ふたつに割れた野次馬の中を、孝助も文蔵のあとについて店に入った。

土間に男が倒れ、傍らに丹羽溜一郎が立っていた。

「旦那」

文蔵が声をかけた。

「おう、来たか」

溜一郎は渋い顔を向けた。

「やられた」

「毒ですかえ」

文蔵は倒れている男の前でしゃがんだ。孝助も覗《のぞ》き込む。

不精髭《ぶしょうひげ》を生やした遊び人ふうの男だ。吐いたあとがあり、唇や指先は紫藍色《しらんしょく》になっていた。

白髪の目立つ亭主がおろおろしている。

「白和えに混ぜたようだ」

溜一郎が言う。豆腐と白ごまをすりまぜ味をつけたもので野菜などを和えたものだ。

「白和えですかえ。大元に入れられたんですかえ」

文蔵がきく。

「いや、白和えを食っていた客は他に何人もいた。だが、皆なんともない。この男の白和えにだけだ。誰かがこっそり入れたんだ」

「客は立て込んでいたんですね」

孝助は口をはさんできく。

「昼時で、混み合っていたそうだ。亭主、どの程度客がいたんだ?」

「はい。座れずに立って食べているお客さんが何人かいたほどで」

亭主が泣きそうな顔で言う。

「この男の近くにいた客を覚えていないか」

文蔵が亭主だけでなく他の者にもきこえるように大きな声を出した。

「いえ……」

「この客が苦しみだす前に、帰っていった客を覚えているものはいないか」

「三、四人が帰りました。ひとりは女のひとでした」

亭主は人相まではわからなかった。てんてこ舞いだったらしく、誰も詳しくは覚えていなかった。

検使与力がやってきて、文蔵と孝助は外に出た。

「親分。恐れていたことが、また起きてしまいました」

孝助は無念そうに言う。

「ああ。始末の悪いことに誰も怪しい人間に気づいちゃいねえ」

「あえて、昼時を狙ったんですね」

外で待っていると、溜一郎が出て来た。

「旦那。これで佐々木さまの立場も悪くなりますね」

文蔵が小声でにやつきながら言う。

「いい気味だぜ」

溜一郎もにんまりした。

孝助はそんなふたりに呆れ返りながら、

「また犠牲者が出て、奉行所はどうするつもりでしょうか」

と、溜一郎にきく。

「脅しに屈することはあるまい」

「では、まだ、犠牲者が出ます。それでも、虎一は解き放たないんでしょうか」

「無理だ。そんなことをしたら、真似をする輩《やから》が出る」

溜一郎が渋い表情で言う。

「確かに、そうかもしれません。でも、目の前の危機を乗り切らないと」

「なんとしてでも、毒殺者を捕まえるんだ。おい、文蔵。金吉を問い質《ただ》せ。奴らに任せてはおけぬ」

「へい」

「旦那。虎一の仲間と取引したかもしれない金吉親分でも捕まえることが出来なかったんです。いまとなっては遅いんじゃありませんか」

「やってみなくてはわからぬ」

「それより、虎一を解き放つことを考えたほうがいいんじゃありませんか」

「孝助。気持ちはわかるが、奉行所がそんな脅迫に屈するわけにはいかない。そんなことをしたら、真似する奴が続出する」

「わかってます。でも、このままじゃ、あと何人もの犠牲者が出るかもしれません」

「仕方ない」

溜一郎は突き放すように言い、

「いくら毒殺を続けても、無理だとわからせる。それまでの我慢比べだ」

「そんな」

孝助は愕然《がくぜん》とする。

「ともかく、金吉から事情をきけ。何か、わかるはずだ。俺はいったん奉行所に戻る。また投文が届いているかもしれぬしな。文蔵、孝助といっしょに金吉を問い詰めるんだ。俺も佐々木恭四郎を問い詰める」

「わかりやした」

文蔵は応じる。

奉行所に向かう溜一郎を見送りながら、

「親分。このままじゃ、まだ被害者が出ます」

と、孝助は未練たらしく言う。

「どうすることも出来ねえ。ともかく、金吉から虎一に関わることを聞き出すんだ」

「へい」

孝助は文蔵といっしょに芝に向かった。

金吉と会えたのは夕方で、鉄砲洲稲荷《てっぽうずいなり》の前だった。芝神明町の自身番で、鉄砲洲稲荷に向かったらしいと聞いたのだ。

京橋川のほうからやってくる金吉と手下にようやく会えた。

「金吉親分」

孝助が声をかけた。

「あっ、おまえたちは……」

金吉は口を半開きにした。

「金吉親分。また、毒死者が出ましたぜ」

「………」

「こうなったら、ちゃんと話してくださいませんか」

「何をだ？」

「虎一を捕まえた経緯ですよ」

「経緯だと」

金吉は孝助を睨《にら》んだ。

「このままじゃ、さらに毒死者が出ますぜ」

文蔵の声を引き取り、

「金吉親分は、毒を盛っていたのは虎一の情婦だと言ってましたね。そこまでわかっていながら、新たな毒殺をどうしてとめられなかったんですかえ」

と、孝助が責めた。

「おめえたちには関わりねえ」

「そうはいきませんぜ。丹羽の旦那も、佐々木の旦那から事情を聞いていますぜ」

文蔵が脅す。

「金吉親分。この前も申し上げましたが、このままじゃすべての責任を佐々木の旦那が負うことになります。なんとしてでも、毒殺者を捕まえなければなりません」

「わかっている」

金吉は憤然とした。

「虎一を捕まえた経緯から教えていただけますかえ」

鳥居から出て来た参詣人がこっちを気にしながら行きすぎた。

「向こうへ」

金吉が稲荷社の脇にある木立の中に誘った。

太い銀杏《いちょう》の樹《き》の傍に立ち止まって、金吉が振り返った。

「垂れ込みがあった」

金吉が口を開いた。

「誰からで？」

文蔵がきく。やはり、垂れ込みがあったのだ。

「虎一の子分の八助《はちすけ》という男だ」

「子分だったのか」

文蔵が応じる。

「そうだ。常に、ふたりはいっしょに盗みを働いていたようだ。八助は小柄で身が軽い。虎一は錠前破りの名人だ。八助が塀を乗り越えて屋敷内に入り、裏口を開けて虎一を引き入れる。虎一が土蔵の錠前を開けてふたりで金を盗み出す」

「交互に盗みを働いていたわけではないのか」

「そうだ、常にふたりだ。続けて離れた場所で盗みを働いたのは、探索を混乱させる意味もあったそうだ」

「その子分の八助がどうして垂れ込みを？」

「八助は虎一の女と出来てしまったそうだ。ふたりで、堅気になって穏やかに暮らしたいと思うようになったという」

「ふたりで虎一を裏切ったってわけか」

文蔵が顔をしかめた。

「八助は芝の露月町に住んでいた。それで、俺に話を持ち掛けたんだ。最初は半信半疑だったぜ。だが、何度か増上寺の境内で落ち合い、話していて信用できると思い、佐々木の旦那に話を通した。それで取引をした。忍び込む場所を教えるから、虎一だけを捕まえて、八助は逃がすとな」

孝助は黙って話を聞いていたが、腑《ふ》に落ちないところがあった。

確かに、取引をした。相手がどんな人間であろうが、いったん交わした約束を破るのは人道に悖《もと》る。だが、相手は同じ盗っ人であり、仲間を裏切って自分だけ助かろうとしているのだ。そのような者に情けをかけるべきか。なぜ、ふたりとも捕まえようとしなかったのか。

待ち伏せていた目の前にふたりが現われた。

そのことで、孝助はある考えに至った。

「金吉親分。ちょっといいですかえ」

思わず、孝助は口をはさんでいた。

四

孝助が口をはさむと、金吉は不快そうな顔を向けた。

「なんでえ」

「浜松町の商家に盗みに入ったのは虎一と八助だったんですね」

孝助は確かめる。

「そうだ。いつもふたりで動いているからな」

「それで待ち伏せして虎一だけを捕まえたんですね」

「そうだ」

金吉はうるさそうに眉《まゆ》をひそめる。

「どうして八助は捕まえなかったんですね。そのとき、捕まえようと思えば、捕まえられたんじゃないですか」

「てめえ、俺の話を聞いていなかったのか」

金吉は露骨に顔を歪め、

「八助と取引をしたんだ。虎一だけを捕まえる約束だ」

「へえ。ですが、相手は盗っ人です。そして、親分の虎一を裏切ろうとした男です。ひとの道にはずれた約束を反故《ほご》にしてもよかったんじゃないですかえ。ただ、名乗って出た八助には情状を酌量してやる」

「そうはいかねえ。捕まえれば、八助とて死罪は免れても遠島になりかねない。それじゃ、俺たちが裏切ったことになる」

「そこなんです」

「なに？」

「だったら、八助が取引を持ち掛けたとき、お裁きを受けるように説き伏せてもよかったんじゃないかと思いましてね」

「おいおい、孝助」

たまり兼ねたように、文蔵が口をはさんだ。

「どうして、そんな過ぎ去ったことを根掘り葉掘りきくんだ。今は、そんなことはどうでもいい」

「親分、そうじゃねえんです。ここをはっきりさせておかねえと、また先にいって迷うことになると思いましてね」

孝助は強きに出た。

「なにがはっきりだ？」

金吉がいらだったようにきく。

「へえ。親分と八助の関係です」

孝助ははっきり言った。

「なにが言いてえ？」

「虎一を捕まえて、八助を逃がす。それだけだったんですかえ」

「………」

「金吉親分。想像で、こんなことを申しちゃなんなんですが、もっと八助から条件が出されたんじゃないですかえ」

「な、なにを言う」

金吉はうろたえた。その様子に、自分の考えが間違っていないと思った。

「条件ってなんだ？」

文蔵が目を剝《む》いてきく。

「へえ、そいつを金吉親分からお聞きしたいと思ったんですが、もし、言いづらいようでしたら、あっしから申し上げてもよいのですが……」

「きさま……」

金吉の頰が痙攣《けいれん》したように細かく震えた。

「孝助、言ってみろ」

文蔵が鋭い声で急かす。

「じゃあ、言います。八助はこう言ったんじゃありませんか。虎一を捕まえ、俺を見逃してくれたら、盗んだ金の半分を渡すと」

「なんだと」

文蔵が驚きの声を発した。

「金吉親分。どうなんでえ」

孝助は迫る。

「………」

「八助にしてみたら、身の安全を保つためにも金を与えたほうがいいと思ったはずです。そうじゃなければ、虎一といっしょに捕まってしまうかもしれない。あとで金を渡すことにしておけば、約束を守るはずだと」

金吉は恨みがましい目を孝助に向けた。

「金吉親分。いいですかえ。何の関わりもない人間がもう三人も犠牲になっているんです。早く、毒殺者を捕まえないと、さらに犠牲者が出るかもしれないんです」

「どうなんでえ」

文蔵がいらだったようにきく。

「親分。金吉親分も佐々木の旦那のことがあるので自分の口からは何も言えないと思います。それより、もし、あっしの言ったことが当たっているなら、八助と情婦のふたりとも虎一を助けるはずはないってことです」

「そうだ。ふたりとも違う」

やっと金吉が口を開いた。

「親分はあっしに、毒をもっているのは虎一の情婦だと言ってましたね」

「ああ」

金吉は苦しげに答える。

「どうして、そう思ったんですかえ」

「八助と出来たが、やはり虎一が忘れられずに、助けたくなったのかと思った。それで、八助を探しに行ったんだ」

「じゃあ、ほんとうに情婦の仕業だと思っていたんですね」

「そうだ。だが、八助はいなかった。霊岸島《れいがんじま》に虎一の情婦だった女の叔母が住んでいるとわかり、行ってきた。今はその帰りだ」

「行方はわかったのですか」

「江戸を離れたってことだ」

「江戸を離れた？」

「ああ、伊豆《いず》下田《しもだ》に行くと言っていたそうだ」

「じゃあ、今ふたりは江戸にいない？」

文蔵が確かめる。

「ああ、いねえ」

「じゃあ、誰が虎一を助けようとしているんだ」

「わからねえ。俺もすっかり当てがはずれた。佐々木の旦那も頭を抱えている」

金吉は失態を認めたようにうなだれた。

「なんてこった。佐々木の旦那は上役の前で、すぐに毒殺者を捕まえると大見得を切ったそうだ。振り出しに戻ったってことじゃねえか」

文蔵が吐き捨てる。

「親分。金吉親分を責めている余裕はありません。このことを早く、丹羽の旦那に。金吉親分も佐々木の旦那に事態を話してくださいな」

孝助は文蔵を急かした。

「今は、毒殺者を探すことが先決だ。よし、行くぞ」

文蔵は奉行所に向かって歩きだした。


岡っ引きは同心に私的に雇われているだけで、奉行所とは関わりがない。文蔵と孝助は奉行所の門の前で、丹羽溜一郎を待った。

暮六つ（午後六時）の鐘が鳴り終えても、まだ、溜一郎は出て来ない。定町廻《じょうまちまわ》り同心が額を寄せ合って、上役に与力を交えて対応を諮《はか》っているのだろう。

さらに四半刻《しはんとき》（三十分）経《た》って、ようやく溜一郎が脇門から出てきた。

「おう、待たせたな」

「どうだったんですか」

「佐々木恭四郎が狙いが外れ、毒殺者はわからないと言い出したので、あわてだした。恭四郎の野郎、垂れ込みのことも突っ込まれ、顔を青くして小さくなっていた」

溜一郎はおかしそうに笑った。

「へえ、あっしもその顔を拝んでみたかったですぜ。こっちも、金吉をぐうの音も出ないようにやっつけてやりましたぜ」

溜一郎と文蔵は気持ちよさそうに含み笑いをした。

この期に及んでも、相手の失態に喜んでいやがる。今はそんな場合ではないと叫びたいのを、

「旦那、やはり、虎一を解き放さないのですか」

と、孝助は現実に戻させるように声をかけた。

「それははじめから無理だ」

溜一郎が答える。

「では、毒殺者の手掛かりは？」

「ない。恭四郎の報告では、虎一の情婦と仲間は江戸を離れているそうだ。だから、こっちの想像が間違っていた。虎一には俺らが知らない仲間がいたのかもしれねえ」

「虎一は相変わらず、何も喋らないんですかえ」

「喋らない。誰が助け出そうとしているのかときいても、俺にはそんな人間はいねえと言うばかりだ」

「虎一は、仲間や情婦のことも一切口にしないのですか」

「しない」

「自分を裏切った人間のことをどう思っているんでしょうか」

虎一は、八助と情婦がつるんで自分を裏切ったことに気づいていないはずはない。なのに、どうして沈黙を守っているのか。

虎一に会えるものなら、そのことを聞いてみたいと思う。

「虎一に会うのは無理でしょうね」

「虎一に？　それは無理だ」

「遠くからでも見られませんか」

「それなら、明日、吟味のために牢《ろう》屋敷から北町奉行所に向かう。そのとき、道端から見ることは出来る」

「孝助。一度、虎一をみてみるか」

文蔵が言う。

「ぜひ」

「じゃあ。明日、牢屋敷の前で出てくるのを待とう。俺も、虎一がどんな様子かみてみたい」

「わかりました」

孝助は応じた。

「虎一の顔を見たって仕方ないがな」

溜一郎は冷めた言い方をした。

「今後、何かで会うようになるかもしれません」

「そんなことはない」

溜一郎は口の端に嘲笑《ちょうしょう》を浮かべた。

「これから、どうするんですか」

どんな打つ手があるのかと、孝助はきいた。

「これからか」

そう言い、溜一郎は意味ありげに含み笑いをした。何か背筋を寒くするような笑みだ。頭の中で激流に呑み込まれたようにある考えが凄《すさ》まじい勢いで回転をはじめた。

その回転がようやく止まったとき、孝助ははっとした。

「旦那。もしかして、虎一の処刑を早めるつもりでは？」

虎一さえいなくなれば、敵は毒殺をやめると考えたのだろう。だが、そんなことをしたら、逆に逆恨みからさらに大量の毒を撒《ま》くかもしれない。

たとえば、井戸の中にも……。

「孝助。いくら詮議《せんぎ》を省略し、お裁きを早めたとしても、死罪にするには将軍の裁可をいただくまで数日を要してしまう」

そう言うや、溜一郎が皮肉そうな笑みを浮かべたのが気になった。

孝助は溜一郎の笑みの意味を考えながら、聖天町の『樽屋』に帰って来た。

裏口から入る。板場に喜助がいた。

「とっつあん、だいじょうぶかえ」

「おう、帰って来たか。こっちは心配はねえ。ただ、今夜はいつもより、入りが悪い」

なるほど、店にはいつもの半分程度の客しかいない。

「毒の混入のせいか」

「そうだ。一膳飯屋で毒をもられたってことが瓦版《かわらばん》に出たからな。客も脅えてしまっている。夜鷹《よたか》そば屋の亭主が嘆いていた。毒の騒ぎから、客がだいぶ減ったとな」

「そうか。これじゃ、だんだん奉行所に対する批判も大きくなっていくな」

孝助は胸を痛める。

「とにかく、新しい客には注意をしてくれ」

「見通しはどうなんだ？」

喜助は心配そうに言う。

「ああ、まだだ。手掛かりがない」

「そうか」

「大根飯、ふたつ」

小女が喧騒《けんそう》の中で甲高い声で告げる。

「俺がやろうか」

「いや、いい。おめえは疲れているんじゃねえのか。顔色が悪い。自分の部屋に行って休め」

「いや、疲れちゃねえけど」

「まあ、いい。休め」

「すまねえ。そうさせてもらう」

孝助は梯子段《はしごだん》を上がって、二階の小部屋に入った。孝助はこの部屋で暮らしている。行灯《あんどん》の火をいれず、窓辺に立つ。障子を開けると、夜気が入り込んできた。階下から喧騒が聞こえるが、耳障りではない。

月明かりに待乳山のこんもりした杜《もり》が浮かんでいた。あの木立に囲まれて、聖天さまがある。

奉行所は、虎一の解き放ちをまったく考えていないようだ。それを許したら、同じような手を使う輩が増える。その危惧《きぐ》も十分にわかる。わかっていながら、さらに罪もない人間が毒を呑まされて死んで行くのではないかと思うと、胸が痛くなるのだ。

かといって、虎一の処刑を早めるような真似も受け入れられない。もっとも、この件は溜一郎は明確に否定した。

確かに、処刑を決行するには将軍の裁可が必要であり、その裁可がおりるまで数日を要する。あまり、効果があるやり方とは思えない。

それでも、何か胸のわだかまりが消えない。溜一郎の嘲笑ともとれる皮肉そうな笑みが脳裏から離れない。

奉行所に打つ手はあるのか。お触れが廻り、また瓦版でも毒をまく賊のことは報じられ、江戸の人びとは注意をするようになっている。

屋台の客がめっきり減り、夜鷹そば屋の亭主も客がこないとこぼしている。やがて、不満は奉行所に向けられるだろう。

そのとき、頭の中でもやもやしていたものがくっきり浮かび上がった。

ひょっとして、奉行所が考えているのは……。孝助は愕然とした。

まさかと思いながら、そのことに間違いないような気がした。奉行所が狙うのはやはり、虎一の死だ。

虎一が死ねば、毒殺を続ける意味がなくなる。それを狙っているのだろうが、果してうまくいくか。怒りに任せて、毒をまき散らすかもしれない。

正常な手続で死罪にするならともかく、虎一を殺してはだめだ。

今後、真似をする輩が出るかもしれないが、当面の危機を脱するべきではないか。解き放った虎一を見張ることで、毒を入れた賊を見つけ出すことが出来る。そうすべきではないのか。

窓の下に、人影が現われた。そろそろ暖簾《のれん》をしまう頃だ。やがて、何人かが帰って行き、最後に十郎太が出て来た。

千鳥足でしばらく進んでから立ち止まって振り返った。十郎太と目が合った。すぐ顔を戻し、十郎太は鼻唄《はなうた》を口ずさみながら引き上げて行った。

五

翌日、朝早く、孝助は家を出た。どんよりとした空で、いまにも雨が降り出しそうだ。

東仲町にある文蔵の家に寄る。文蔵もすでに支度が出来ていた。

「よし、行くか」

住み込んでいる峰吉もついてくる。

蔵前の通りをまっすぐ行き、浅草御門を抜けて小伝馬町《こでんまちよう》にやって来た。

牢屋敷の門が見通せる場所で待っていると、ようやく腰縄を打たれた囚人が数珠つなぎになって出てきた。吟味のために奉行所に行くのだ。

雨もよいの中、小伝馬町の町筋を十数人の囚人がぞろぞろ歩いて行く。年寄りもいれば、女もいた。世間から顔を隠すように俯《うつむ》いている者もいれば、周囲を睨みつけるようにして歩いている者もいる。

一行を気にしている通行人も多い。その中に怪しげな人間は見当たらない。

孝助は歩きながら、一行の中に雲間の虎一を探した。四十ぐらいの男はふたりいた。

ひとりは痩《や》せて貧弱だが、もうひとりは堂々としていた。

「あいつだ」

文蔵が声をかけた。その視線の先には堂々とした男がいた。

中肉中背のがっしりした体つきの男だ。眼光は鋭い。四角い顔に大きな鼻がある。

分厚い唇を一文字に閉じ、まっすぐ正面を見据えて歩いて行く。

「ずいぶん堂々としていますね」

孝助は呆れたように言う。

「うむ。胆が据わった男だと聞いていたが、噂どおりの男だ」

文蔵も感心したように言う。

やはり、これだけの男なら、助け出したいと思う輩はいるかもしれない。なにも情婦や仲間である必要はない。虎一の錠前破りの腕を買っている同業者が仲間に引き入れようとしているのかもしれない。

しかし、一行を見送る野次馬の中に不審な人間はまだ現われない。

一行について行き、孝助たちはお濠《ほり》に出た。峰吉はさらに遅れてついてくる。やがて一行は呉服橋御門を抜けて、北町奉行所に入って行った。

「怪しい奴はいませんでした」

峰吉が駆けつけて来て言う。

「うむ。むざむざと姿は現わさねえだろうな」

文蔵が口許を歪めた。

「親分」

孝助は思い切って口にした。

「親分は虎一をどうするか聞いていますかえ」

「どういうことだ？」

「虎一の始末です」

「虎一の始末だと？」

「へい」

お濠端に移動してから、

「きのうの丹羽の旦那の話から、ちょっと不安をもったのですが、奉行所は虎一を殺すつもりじゃないかと」

「殺す？　どういうことだ？　死罪を早めるにしても数日かかると旦那も言っていたじゃねえか」

「狙いは牢死です」

「牢内で、殺すってことか」

「そうです。あっしも牢内のことは詳しく知りませんが、ときたま作造りが行なわれると言うじゃありませんか」

作造りとは牢内の場所を少しでも広くするために囚人の数を減らすことだ。つまり、密《ひそ》かに暗殺をするのだ。

「牢名主に頼んでこっそり始末しようとするんじゃないでしょうか」

「そこまでするか」

文蔵は半信半疑の顔をした。

「虎一さえいなくなれば、毒殺が止《や》むと思っているんです。でも、それは間違いだ。きっと、虎一を殺したことに反撥《はんぱつ》して、今度は大量に毒を撒くかもしれません。仮に、毒を撒くのを止めたとしても、三人を毒死させた下手人は捕まらず終《じま》いです」

孝助は訴える。

「親分。虎一を殺したらかえって事態を悪くし、最悪の結果になってしまいます。親分から丹羽の旦那に言い、奉行所の考えを改めさせてくださいませんか」

「しかし、殺しを止めても、事態は変わるまいよ」

「虎一を解き放つんです」

「ばかな。奉行所はそんなことは絶対にしないと言っているんだ」

「それを親分の力で変えさせるんです。もし、うまくいけば、親分の名声はぐっと上がると思いますが」

「名声……」

文蔵の心が少し動いたのがわかった。

「しかし、うちの旦那が受けてくれるだろうか」

「もし、拒んだら佐々木の旦那に頼んでみると言ったらどうですか。もし、うまくいけば、同心の旦那だってたいへんなお手柄じゃありませんか。ましてや、佐々木の旦那は今回の件で味噌《みそ》を付けています。挽回《ばんかい》しようと、なんでもやるでしょう。もし、このまま何もしなければ下手人を捕まえることも出来ずにお手上げですからね」

「そうだな」

文蔵がその気になった。

「よし。旦那を説き伏せよう」

「へい」

それから、しばらくして、溜一郎が奉行所から出て来た。

文蔵が近づいた。

「どうしたんだ？」

「へえ、牢屋敷から虎一のあとをつけてきました。野次馬の中に怪しい奴がいないかと思いましてね」

「きょうは虎一の吟味だったな」

溜一郎は頷く。

「旦那。お話があるのですが」

「なんだ？」

「虎一のことです。まさか、奉行所はばかな真似を考えてはいないでしょうね」

「ばかな真似？」

溜一郎は顔色を変えた。

「牢内で殺してしまおうなんて考えていませんよね」

「そんなこと、考えてない」

「ほんとうですね」

「ああ。ただ、牢内は地獄のようなところだ。何があってもおかしくない」

溜一郎は冷笑を浮かべた。

「旦那。もし、虎一に万が一のことがあったら、敵は怒り狂って、毒を撒き散らかしますぜ。井戸などに入れられたらどうしますね」

「…………」

「それも奉行所の井戸かもしれませんぜ」

孝助が口をはさんだ。

「なんだと？」

「八丁堀のほうだって危ない。旦那方が出仕中の昼間に家族のひとたちが……」

孝助は嵩《かさ》にかかって言う。

「旦那。虎一を強引に殺すってことは、それだけの危険を背負うってことですぜ」

文蔵がここぞと責める。

「旦那。ここは、虎一を解き放つべきです」

「なんだと？　文蔵、てめえ、孝助にかぶれたか」

「いえ。あっしは旦那に手柄を立ててもらいたいんですよ。いいですかえ、虎一を解き放てば新たな犠牲者を出さずにすみ、虎一を見張ることによって賊を捕まえることも出来るんです」

「………」

「旦那。もし、今親分が話したようなことを佐々木さまが考えたらどうしますね」

孝助はここぞとばかりに訴える。

「そして、佐々木さまの進言を上役のお方が聞き入れ、虎一を解き放つことになれば、見張りの役目は当然、佐々木さまが任せられる。うまくいけば、たいへんな手柄ってことになります」

溜一郎の顔がこわばった。

「旦那。あっしはまた手柄を佐々木の旦那にもっていかれたくないんですよ」

文蔵は懸命に説得する。

「てめえたち……」

何か言いかけたが、溜一郎は声を呑んだ。

「このままじゃ、犠牲が出るだけで、何も解決できねえ。虎一を解き放てば、敵を一網打尽に出来るかもしれませんぜ」

文蔵の追い打ちをかけるような言葉に、溜一郎の顔つきが変わってきた。白かった顔色が青ざめ、そして今度は赤みが差してきた。

「わかった。上役を説き伏せてくる」

息巻くように言い、溜一郎は奉行所に向かった。

「さすが、親分です。あの旦那がその気になりやした」

孝助はあくまでも文蔵を立てる。

「いや、まだだ。上役が受け入れてくれるかだ」

文蔵は慎重だった。

ぽつりと頬に冷たいものが当たった。

「ちっ。降ってきやがった」

文蔵が空を見上げた。

孝助もつられて顔を上に向けた。雨雲が一面にかかっている。また、ぽつりと雨粒が落ちた。

「親分。濡《ぬ》れますぜ。近くの自身番で雨宿りしていてください。あっしが、丹羽の旦那が出てくるのを待っています」

「いつになるかわからねえ。待っていても仕方ねえ。いったん、引き上げよう」

「いえ、あっしはここで」

「あっしが自身番まで走って傘を借りてきます」

峰吉が言い、着物の裾《すそ》をつまんで走り出した。

一番近い町屋は、一石橋《いちこくばし》の南になる西河岸町《にしがしちょう》か呉服町《ごふくちょう》だ。思ったより早く、峰吉は唐傘《からかさ》を三つ抱えて戻ってきた。

「捨てようとしていたものだそうですが、ないよりましかと思いまして」

「ありがとうよ」

孝助も唐傘を受け取って広げた。一カ所、大きく破れていた。そのとたんに激しく降り出した。

三人は中途半端な唐傘でどうにか雨を凌《しの》ぎながら溜一郎が出てくるのを待った。溜一郎が奉行所にもどって、かれこれ半刻（一時間）になろうとしていた。

「もめているんでしょうね」

孝助は落ち着かずに言う。

賛成派と反対派が激論を闘わせているのに違いない。

「あっ、誰か出てきた」

峰吉が叫んだ。

「旦那じゃねえ」

孝助は落胆した。羽織姿の町人だ。訴訟人の付添いの大家かもしれない。その後ろから長屋の住人らしい男が出てきた。

それから、しばらくして脇門から侍が出てきた。同心のようだが、溜一郎ではなかった。さらに四半刻ほど経過した。

「やっ、出てきました」

峰吉が叫んだ。

孝助は文蔵とともに溜一郎に駆け寄った。

「旦那。どうでした？」

文蔵がきく。

「やっと聞き入れてもらった」

溜一郎は疲れた表情で答えた。

「じゃあ、虎一は解き放ちに？」

「そうだ。だが、そのままではない。虎一に条件をつけることにした」

「条件？」

「虎一に、毒を撒いたものの捕縛に手を貸してもらうということだ」

「待ってくださいよ。虎一がそんな条件を呑みますめえ。いえ、口じゃいいことを言うでしょうが、実際に約束を守るとは思えませんぜ」

「うまくいった場合には、虎一は罪一等を減じられる。むろん、約束を破れば、獄門だ」

「まあ、それしかねえかもしれねえな」

文蔵が認めた。

「そうですね。虎一の見張りがうまくいくとは限りませんからね。虎一に頼るしかありません」

孝助もそれが最善だと思った。さすが、奉行所だと感心したが、これからの段取りが問題だ。

「虎一はいつ放免に？」

孝助は確かめる。

「きょうの昼過ぎだ。ともかく、どこか自身番を借りよう」

「へい」

西河岸町の自身番に四人は移動し、奥の三畳の板の間に入った。

そこに落ち着いてから、

「牢屋敷から虎一の荷物が奉行所に届いて自分の着物に着替えてから放免になる。あとをつけるのは俺たちだ」

溜一郎は得意気に言う。

「だが、そのあとを佐々木恭四郎がついてくる。さらに、そのあとを別の定町廻りがついていく」

「敵に勘づかれないように慎重につけるんだ」

「へえ」

「仮に、虎一に接触する奴がいても、虎一が合図をくれるまで動くな」

「わかりました」

その他、細々したことを打ち合わせ、

「じゃあ、俺はまた奉行所に戻る」

と、溜一郎は立ち上がった。

溜一郎が出て行ってから、文蔵は峰吉に、

「源太と亮吉を呼んでこい」

と、命じた。

「へい」

と、峰吉は自身番を飛びだして行った。

昼過ぎになって、孝助は峰吉といっしょに呉服橋の袂《たもと》で虎一を待った。雨は小降りになったが、まだ止みそうになかった。

源太と亮吉が自身番にやってきて、文蔵がそれぞれの役割を決めた。その結果、虎一をつけて行くのは孝助と峰吉。源太と亮吉は文蔵とともに、孝助をつけて行くことになった。孝助が虎一のあとをつけることになったのは、文蔵の手下になってまだ日が浅いからだ。敵が文蔵や手下の顔を覚えていたとしても、孝助のことは知らないだろうという文蔵の考えだ。

橋を渡って、誰かが小走りでやってきた。源太だ。

「虎一が解き放ちになった」

「よし」

源太はそのまま離れて行った。

しばらくして、唐傘を差した中肉中背の男が歩いてきた。傘の内の顔は見えないが、体つきは虎一に間違いなかった。

「行くぜ」

孝助はあとをつける。

虎一はお濠に沿って南に向かった。ときおり雨が強く降って視界を遮り、虎一を見失いそうになった。

だが、虎一はゆっくりした歩みなので、見失うことはなかった。

鍛冶橋《かじばし》の袂を過ぎ、京橋川にかかる比丘尼橋《びくにばし》を渡ってから、虎一は左に折れた。そして、そのまま川沿いの道を行く。

南八丁堀町の町筋をためらうことなく進む。ぬかるみに何度か足をとられそうになりながら、虎一のあとをつける。

これまでに、虎一に近づこうとしている不審な人間には気づかなかった。

鉄砲洲稲荷のほうに向かっているということは、情婦だった女の所に向かっているのではないか。

女が八助という男といっしょに江戸を離れたことを知らないのだろうか。

虎一は自分を売った人間が八助だと気づいていたのか。それなら、どうして八助のことを話そうとしないのか。

虎一は鉄砲洲稲荷の前を過ぎ、本湊町《ほんみなとちょう》に入った。雨なので、町筋には人通りがない。

ふと、虎一が小商いの商家が並ぶ通りの外れにあるしもた屋の前に立った。戸を叩き、声をかけている。

やがて、戸が開いた。現われた年寄りが目を見開いていた。

年寄りが口を開くと、虎一は背後を振り返った。あわてて、商家の角に孝助は身を隠した。顔を出すと、虎一は傘をすぼめて家の中に入るところだった。

しばらくして、文蔵が駆けつけてきた。金吉もいっしょだった。

「虎一はあのしもた屋に入りました」

「あの家は知らなかった。八助の話にも出てこなかった」

金吉が当惑しながら言う。

「そうか。しかし、ここが敵の隠れ家かもしれねえな」

文蔵は口許を歪めて言い、

「あそこに、必ず敵は現われる」

と、闘志を見せた。

「よし、あそこに頼んでこよう。年寄り夫婦だけだ」

金吉が今いる場所の二軒隣の商家を示した。口紅を売っている紅屋のようだ。そこからなら、斜め前にあるしもた屋がよく見える。

金吉は紅屋に掛け合いに行った。

「金吉の野郎、途中で泣きついてきやがった」

文蔵が北叟笑《ほくそえ》みながら言う。

「名誉挽回を焦っているんでしょうね」

孝助は金吉の気持ちを忖度《そんたく》したが、

「なあに、手柄のおこぼれに与りたいだけだ」

しばらくして、金吉が戻ってきた。

「二階の小部屋を貸してくれることになった」

「そいつは助かった」

文蔵がほっとしたように言う。雨の中を夜通し、しもた屋を見張っているわけにはいかない。

「じゃあ、裏口から入ろう」

金吉の案内で、皆は紅屋の二階に上がった。

小部屋に入り、孝助はさっそく通りに面した窓の雨戸を少し開け、しもた屋に目をやった。

戸口がよく見える。

「交替で見張るんだ」

文蔵が言う。

「源太。まず、おめえからだ」

「へい」

源太が窓辺に寄り、雨戸の隙間《すきま》から外を眺めた。

「それから峰吉。おめえ、丹羽の旦那にここにいることを知らせてこい」

「へい」

一番若い峰吉が梯子段を下りて行った。

「親分」

孝助は文蔵に呼びかけ、

「敵は虎一が解き放たれたのに気づいているでしょうか」

と、不安を口にした。

「あのしもた屋が敵の住《す》み処《か》だ。心配ない」

「なら、いいんですが……。もし、敵が気づいていなかったら、またどこかで毒をまくんじゃないかと思いましてね」

「敵は用意周到だ。虎一の放免を必ず知っているはずだ」

金吉が紅屋の主人を連れて上がってきた。

「すまねえな、雑作をかける」

「いえ、お役に立てるなら」

白髪頭の亭主が目をしょぼつかせて言う。

「亭主、もう一度、聞かせてくれ。あのしもた屋の主人はどんな男だ？」

金吉は皆に聞かせようとした。

「へえ。主人は吉兵衛《きちべえ》といい、昔はさんざん悪さしたようでございますが、今はすっかり堅気になって、かみさんと慎ましく暮らしています」

「あの家に出入りする人間は多いのか」

文蔵がきく。

「いえ、私はこれまでに一度だけ男が訪ねてきたのを見掛けたことがありますが、それだけです。吉兵衛さんも足が悪いようで、ほとんど外出はしないようです」

「かみさんのほうはどうだ？」

「かみさんも買い物に出かけるだけです」

文蔵はその他、いくつかを確かめてから、孝助に顔を向け、

「他に何かないか」

と、促した。

「吉兵衛というひとは、いつからあそこに？」

孝助は少し膝を進めてからきいた。

「五年ぐらい前です」

「その頃、何をやっていたか聞いていますかえ」

「いえ、聞いていません」

「五年前までは、あの家はどんなひとが住んでいたんですか」

「炭屋をやってました。でも、一人娘が嫁ぎ、そのあとで父親が病死し、残った母親が娘さんのところに引き取られ、店を閉めたんです」

「そのあとに、吉兵衛さんがあの家に入られたんですか。でも、老夫婦ふたりでは、二階家はもったいないんじゃ……」

「二階を貸していました」

「貸していた？」

「はい。三十半ばぐらいの遊び人ふうの男が住んでいました。そのひとが二カ月前に出て行ってからは、まだ誰も借りてはいないようです」

「そうですか」

紅屋の亭主が引き上げたあと、溜一郎が峰吉といっしょにやってきた。

「どうだ？」

窓辺にはまだ源太が見張っている。

「動きはありません」

文蔵が答える。

溜一郎はあぐらをかき、

「奴は約束を守った」

と、口にした。

「えっ、どういうことですかえ」

文蔵がきき返す。

「虎一は本湊町のしもた屋に厄介になると言っていたんだ」

「じゃあ、旦那ははじめから虎一の行き先を知っていたんですかえ」

「ああ。だが、その通りにするかどうかわからなかった。だから、おめえたちに話さなかったのだ」

「そうなんですかえ」

文蔵は溜め息をついた。

「虎一はあそこの主人吉兵衛との関係をどう言っているんですかえ」

孝助がきいた。

「吉兵衛は昔、盗っ人の一味だったようだ。だが、今は堅気になっている。虎一との約束で、詮索しないことになっている」

「では、毒を使ったのは吉兵衛ではないんですね」

文蔵が確かめる。

「違う」

「ちょっと待ってください」

孝助が口をはさんだ。

「虎一も自分を助けようとした人間が誰かわかっていないんですかえ」

「本人はそう言っている。だが、虎一がどこまでほんとうのことを言っているかわからない。万が一を考え、万全の態勢をとるのだ」

孝助は胸の辺りに何かがへばりついているようですっきりしなかった。それが何なのかわからない。

「旦那。きょうは毒死者は出ていないんですね」

文蔵が確かめた。

「届け出はない。なかったとみていいだろう」

「じゃあ、敵は虎一の解き放ちに気づいているんですね」

「そうだ」

溜一郎は答える。
果して見えない敵が現われるのか、孝助はふと不安になった。

第三章　投文の主

一

壁に寄り掛かって寝ていた孝助は物音で目を覚ました。誰かが寝返りを打って、空の銚子を倒したのだ。暗い部屋に、いくつかの寝そべっている人影がある。

まだ夜は明けきっていない。窓には、峰吉が座って外を見ていた。

「代わろうか」

傍《そば》に近づき、孝助は声をかける。

「起きちまったのか。なあに、まだだいじょうぶだ」

峰吉は強がりを言う。

「無理するな」

「俺が一番若いし、元気はある」

峰吉は笑ったが、すぐ笑みを引っ込めて、

「まったく動きはねえ。夜明けまでなにもないんじゃねえのかな」

「あるとすれば夜明け直前だ。気を抜かないほうがいい」

「ああ」

そうは言ったものの、何か妙だ、と孝助はまた思った。

毒死者を出してまで牢《ろう》から出そうとした人間を、肝心の虎一が知らないはずはない。虎一は知らない振りをして、奉行所の条件を呑《の》んで解き放ちになったのだ。だから、虎一は今、奉行所に見張られていることは承知しているはずだ。だとしたら、助けようとした人間がやってくるのは危険だ。そんな真似《まね》はしないだろう。虎一がここにやってきたのは単に旧知の人間を頼っただけだ。真の仲間はここに現われることはない。

はっとした。今まで、吉兵衛の家を訪れる人間ばかりを気にしていたが、裏口からこっそり虎一は抜け出たのではないか。

吉兵衛の家に行き、虎一がいるかどうか確かめたいが、この時間に騒ぎを起こしたくない。それに、もし孝助の悪い想像が当たっていたら、虎一は今ごろは遠くまで逃げているはずだ。

東の空が少し白み出した。孝助は立ち上がった。

「外の様子を見てくる」

峰吉に言い、寝そべっている文蔵たちを踏まないように避《よ》けながら部屋を出た。

裏口から出て、通りに出る。雨は上がっていた。そのまま、吉兵衛の家の裏にまわった。裏長屋との境に出た。そこの路地から、吉兵衛の家の物干しが見える。

しばらく、そこに佇《たたず》んだ。朝の早い商売の人間はとっくに起きているのだろう、どこかから雨戸の開く音がした。だんだん夜が明けてきた。雨戸を開ける音が何カ所かから聞こえた。

いよいよ、朝が来て一日がはじまるのだ。ふと、吉兵衛の家の二階の雨戸が開いた。物干し台に人影が現われた。

孝助はあわてて身を隠して見上げる。あっと声を上げそうになった。虎一が物干し台に出て来て、日の出を見るように東の空を眺めていた。

孝助は戻った。

文蔵が起きていた。

「どうした?」

「へえ、万が一と思って様子を見てきました。虎一はいました」

「抜け出たと思ったのか」

「へい。どこまで虎一の言葉が信用出来るかわかりませんから」

「うむ」

峰吉に代わり、今度は孝助が見張りをする。

朝餉《あさげ》に、紅屋のかみさんが握り飯を作ってくれた。

「すまねえな。ありがたくいただくとしよう」

文蔵が礼を言ってから、握り飯に手を伸ばした。金吉も源太も握り飯を摑《つか》んだ。

「ほれ」

峰吉が握り飯を寄越した。

「すまねえ」

窓の外に目をやりながら、孝助はほおばる。

塩気がきいてうまい。空腹だったので夢中で食い終えたとき、吉兵衛の家の戸が開いた。かみさんが出てきた。

棒手振《ぼてふ》りの納豆売りがやって来たのだ。どこにでもある平凡な光景だ。ここに、毒殺者が現われるとは思えなかった。

やはり、虎一は隙《すき》を見て逃亡を図るつもりではないか。

「どうだ？」

文蔵が近づいてきく。

「変わりはありません。親分」

孝助は目は窓の外にやりながら横目で文蔵を見て、

「毒殺者はここには現われないような気がするんですが……」

「俺もそう思う」

文蔵が言う。

「虎一が、自分を助け出そうとしている人間を知らぬはずがねえ。解き放ちになっても見張りがつくことは虎一だって重々承知のはず。だったら、虎一がまっすぐその人間のところに行くはずはねえからな」

「ええ」

「俺は今夜だと思っている」

「今夜？」

「そうだ。今夜、虎一は夜陰に乗じてどこかへ逃げる」

「そうですね」

「もちろん、昼間とて油断はできねえ。だが、明るければ尾行はしやすい。そんな真似はしないと思う」

「じゃあ、勝負は今夜」

「そうだ。今夜だ。あとで、丹羽の旦那《だんな》にも話し、周辺を固めてもらおう」

「わかりやした」

それから半刻（一時間）後、溜一郎がやって来た。

文蔵がさっきの考えを溜一郎に話した。

「うむ」

溜一郎は少し迷ったが、

「文蔵の言い分に一理ある。わかった、今夜、その態勢を整えよう」

「へい」

「親分」

孝助は遠慮がちに声をかける。

「いったん、家に帰ってきたいんですが」

「いいだろう」

文蔵はあっさり言い、

「夕方七つ（午後四時）までに戻るんだ。いいな」

「へい」

孝助は部屋を出た。

聖天町の『樽屋』に帰ってきた。四つ（午前十時）をまわって、昼時の仕込みの最中だ。喜助がひとりで動き回っていた。

「とっつあん」

「おう。心配したぜ」

「すまねえ。すぐ、また出かけなきゃならねえ。今夜も帰れそうもねえんだ」

「そうか。御用の仕事じゃ仕方ねえ。しっかと、文蔵に食い込むためだ。しっかりな」

「わかった」

「そうそう、越野十郎太が探していた」

「十郎太さんが。わかった。じゃあ、あとは頼む」

孝助は『樽屋』を出て、同じ町内の太郎兵衛店《たろべえだな》という長屋に十郎太を訪ねた。

「お邪魔します」

腰高障子を開けると、土間にある赤い鼻緒の下駄が目に飛び込んだ。白っぽい小紋に紅色の襦袢《じゅばん》を覗《のぞ》かせたおぎんが十郎太と差し向かいになっていた。

「おう、孝助」

十郎太は立ち上がった。

「おぎん。ちょっと、孝助と大事な話がある。また、来てくれ」

「まあ、逃げるんじゃないでしょうね」

「そんなんじゃない。まっとうな話だ」

土間に下りて、十郎太は言う。

「待ってなくていいぞ。いつ戻るかわからんからな」

戸口で振り返り、十郎太はおぎんに声をかけた。

おぎんは浅草奥山《おくやま》を稼ぎ場としている女掏摸《すり》で、危ないところを十郎太が助けたらしい。それから、おぎんは十郎太についてまわっている。

「いいんですかえ。おぎんさん、寂しそうな顔をしていましたよ」

「もともと、ああいう顔だ。俺のせいじゃない」

そう言いながら、十郎太は山谷堀のほうに向かった。山谷堀の手前に道哲庵《どうてつあん》がある。

正式には西方寺《さいほうじ》と言う。明暦《めいれき》（一六五五〜五八）の頃に道哲という僧が住んでいたという。この道哲は俗人のときに吉原三浦屋《みうらや》の二代目高尾《たかお》太夫と馴染《なじ》み、高尾が死んだあとにこの寺に葬ったという。

その道哲庵の境内の人気のないところで、十郎太は足を止めた。

「話ってなんですか」

孝助はさっそくきいた。

「その前にどうなっているのか、聞かせてくれないか」

毒殺の件だ。

「雲間の虎一を解き放ちました」

孝助は解き放ちまでの経緯を語り、

「今、本湊町の吉兵衛というひとの家に入った虎一を見張っているところです」

「そうか。で、毒を使った人間は現われそうか」

「いえ、吉兵衛の家には現われそうにありません。おそらく、今夜、虎一は吉兵衛の家を抜け出して、助けてくれた人間のもとに行くのではないかと」

「そう思うか」

「えっ？」

「そなたも、虎一が夜抜け出すと思っているのか」

「……………」

孝助は返答に詰まった。

「どうした？」

「いや、じつは、何かしっくりしないんで」

「どんなところがだ？」

十郎太はしつこくきいてくる。

「なんとなく……」

「なんとなく？　勘って奴か」

「しいていえば」

孝助は考えながら、

「今思うと、解き放ちになった虎一のあとをつけていたときの様子から、自由の身になったという昂《たかぶ》った雰囲気が感じられなかったんです」

「というと？」

「どこか、戸惑っているような……。虎一は奉行所と取引をしているんです。毒殺者を捕まえることに手を貸したら罪一等を減じると。もちろん、虎一がその場凌《しの》ぎの偽りを言ったのかもしれません。でも、そうだったら、自由の身になって、はしゃぐ気持ちがあっていいように思えるんですが。もちろん、虎一は気持ちを外に出さない類《たぐい》の男かもしれませんが」

十郎太は厳しい顔をした。

「十郎太さんの話ってなんですね。『なみ川』での食中《しょくあた》りがトリカブトではないかという話ですか」

「いや、そのことを調べる手立てを持ち合わせていない。今起こっていることだ」

「今起こっていること？」

「うむ。じつは気になっていたことがあるんだ」

「何ですね」

孝助は急《せ》かすようにきいた。

「コハダにトリカブトの毒が含まれていたってことだな。間違いないか」

「ええ。間違いありません。清六もコハダを食べて苦しみ出したんです。本草学者の偉い先生も調べてそう言っていたそうですから間違いありません。それが何か」

「コハダはコノシロのことではないのか」

十郎太は妙なことを言う。

「ええ、コノシロの一年魚のことです。中くらいの大きさのものをコハダって言います」

「そうか」

「山川三右衛門もコハダを食ったというのだな」

妙にこだわる。

「そうです」

「武士は、城を食うに通じるのでコハダは食べないのではないか。旗本はそんなことは気にしないのか。山川三右衛門が、あるいはそんなことを気にしない侍だったのか」

「………」

孝助は唖然《あぜん》とした。

「もし、それが事実だとしたら、どうなるんですかえ」

気を取り直してきく。

「ひょっとしたら、山川三右衛門はコハダではなく、別のものからトリカブトの毒を呑んだのかもしれないということだ」

「………」

「いずれにしろ、投文のことだけに目を向けているようだが、ほんとうにそれでいいのかどうか、考えてみる必要があると思ったのだ」

「十郎太さん。何か調べたんですか」

「うむ。じつは、『角野屋』の女将《おかみ》はかなりの美人だそうだ。山川三右衛門が『角野屋』にやってくるのは、女将に気があるかららしい。ときたま、『角野屋』にやって来ては、女将をくどいていたって噂《うわさ》だ」

「だって、亭主がいるじゃありませんか」

「あの手の男は、そんなことは関係ない。己の欲望のままだ。屋敷の女中を手込めにしたこともあったそうだ」

「どうして、そのことを？　あっ、ひょっとして、おぎんさんに？」

「まあ、そうだ。おぎんに調べてもらった」

十郎太はばつの悪そうな顔をした。

「それから、もうひとりの清六って男だ。この男の評判をきいてみると、あまり芳しいものではない。他人から金を借りて返さなかったり、夜道で出会った女に道をきく振りをして手込めにしようとしたり……。調べれば、もっと悪いことが出てくるかもしれない。それから」

十郎太はまだ続けた。

「元鳥越町の一膳飯屋で白和《しらあ》えを食べて死んだ男がいたな。日傭取《ひようと》りの益蔵《ますぞう》という男だ。この男も喧嘩《けんか》早くて、世間の鼻摘み者だったようだ」

「十郎太さん、何が言いたいんだ？」

孝助は自分でも声が震えているのがわかった。

「毒で死んだのは三人とも評判のよくない男だ。偶然なのか」

「そうです。偶然でしょう。だって、清六は、賭場《とば》仲間の男の土産のすしを食ったのだし、山川三右衛門は『角野屋』の手代が買ってきたすしをたまたま食ったんですよ。場合によっては、『角野屋』の主人か他の家人が犠牲になったかもしれないんです」

「そこだ。なぜ、よりによって山川三右衛門はコハダに手をつけたのか」

「なぜ、そのことにそんなにこだわるんですか」

「俺は些細《ささい》なことでも気になると放《ほう》っておけない性分でな。それに、少しでもそなたが文蔵親分に気に入られるような手助けが出来ればと思ってな」

「十郎太さん。申し訳ありません。今は、虎一のことで頭がいっぱいなんです」

「そうか」

十郎太は溜《た》め息《いき》をついた。

十郎太と別れ、本湊町に向かっていても、十郎太の声が耳鳴りのようについてまわっていた。

二

夕方に、孝助は紅屋の二階に戻ってきた。

峰吉と源太が眠っており、金吉親分の手下が吉兵衛の家を見張っていた。

「文蔵親分は？」

壁に寄り掛かっていた亮吉にきく。

「家に帰った。夜に来るようだ」

「そうですかえ」

「孝助。おめえ、どう思うんだ？」

亮吉が口許《くちもと》を歪《ゆが》めてきく。

「何がですかえ」

「虎一のことだ。奴は俺たちが見張っていることを知っているんだ。それなのに、わざわざ危険を冒して仲間のところに行くと思うか」

「そうですね。亮吉兄ぃはどう思うんですね」

「わからねえ」

亮吉は正直に答える。

「あっしも、なんとなく、虎一が出て行くような気がしないんです」

亮吉が言うように、見張りがついているからではない。逃げようという強い気持ちが虎一から伝わってこないのだ。

「じゃあ、虎一はどうするのか、あっしもまったくわかりません」

「知っているか」

「えっ、何をですかえ」

「この周辺を、捕方が囲んでいる」

「えっ、ほんとうですか」

「ああ、ほんとうだ。さっき見てきた。鉄砲洲稲荷の境内にも何人か待ち構えていた。もちろん、自身番にも詰めている。それだけじゃなく、町筋にも同心や小者たちがうろついている。あれじゃ、仲間は近づけねえ。仲間は近づいてこないんじゃなくて、近づけねえんだ。虎一だって動きはとれねえ」

「囲いを解いてもらうしかありませんね」

「もう、遅い。今から囲いを解いてものこのこ現われるはずはねえだろうよ」

亮吉は苦笑して、

「お互い、身動きとれなくなっちまっているんだ。世話がないぜ」

源太が目を覚ました。

「もう、夜が明けたのか」

寝ぼけ眼で、源太が言う。

「なに寝ぼけているんだ。夕方だよ」

亮吉が嘲笑《ちょうしょう》した。

「夕方？　あっ、そうだった」

源太はやっと目が覚めたようだ。

峰吉も目を覚ました。

ちょうど梯子段《はしごだん》を上がる音がして、文蔵がやって来た。

「親分」

亮吉が文蔵に近付き、

「虎一は動くでしょうかねえ」

と、きいた。

「わからねえ。ただ、あそこにいてもどうしようもねえんだ。だったら、動くかもしれねえ」

文蔵は自信なさそうに言う。

「親分」

今度は孝助が声をかけた。

「奉行所は虎一と取引をしたんですよね。虎一も請け合った。それなのに、投文の主の正体を口にしていないんですよね」

「そうだ。奉行所には、誰がやっているか知らないと答えている」

「丹羽の旦那はその話を信用しているんですね」

「嘘《うそ》をついているようには思えないと言っていたが、よくわからないそうだ」

「なんだか、虎一にいいようにやられているんじゃありませんか」

亮吉が口をはさんだ。

また、梯子段を上がる音がした。現われたのは金吉親分と巻羽織の同心の佐々木恭四郎だ。

「みな、ご苦労だな」

佐々木恭四郎が労《ねぎら》いの言葉をかけた。

「今夜、頼んだぜ」

「佐々木の旦那。ちょっとお訊《たず》ねしてもよろしいでしょうか」

「おめえは？」

恭四郎が眉根《まゆね》を寄せた。

「へい、あっしの手下で孝助と言いやす」

文蔵がひき合わせた。

「そうか、おまえが孝助か。金吉から聞いている」

「恐れ入ります」

孝助は頭を下げた。

「なんだ、ききたいこととは？」

「へえ。虎一を助けたいと思う者がいるとお思いでしょうか」

孝助は遠慮なくきく。

「いるから、こんな騒ぎになっているのだ。そんなくだらぬことを考えず、虎一を逃さぬように褌《ふんどし》を締めてかかれ」

佐々木恭四郎は孝助をいなすように言う。

何をきいても無駄だと思い、孝助は次の質問をとりやめた。

「じゃあ、俺は行くからな。あとを頼んだ」

佐々木恭四郎が引き上げる。

それからしばらくして、紅屋のかみさんが握り飯を作ってもってきてくれた。

「すまねえ」

みなは礼を言いながら、握り飯に手を伸ばした。

孝助も握り飯をほおばる。

「文蔵親分」

亮吉が声をかける。

「あっしは、どうしても、虎一が動くとは思えねえんですよ。孝助も同じ意見です。なあ、そうだろう」

「へえ、あっしもそんな気が」

いきなり言われ、孝助もあわてて答える。

「だが、動くかもしれねえ。そこはまだわからねえ」

「金吉親分はどう思いますかえ」

亮吉が金吉にきく。

「うむ」

金吉は難しい顔をしていたが、

「いっしょにつるんでいた八助と情婦以外に、虎一に親しい人間がいるとは思えねえ。

虎一が自分を助け出そうとしている人間に心当たりがないと言っているのは、あながち嘘をついているとは言えない」

「じゃあ、敵は何のために虎一を助け出そうと……」

亮吉が急《せ》いて口をはさむ。

「待て。俺の話を最後まできけ」

金吉はたしなめてから、

「考えられることはふたつある」

「ふたつ？」

「まずひとつは、敵は虎一の命を狙《ねら》っているってことだ」

「命……」

誰かが呟《つぶや》く。

「虎一に恨みがあり、自分の手で始末をつけたい。だが、牢内にいる限り、手が出せない。だから、牢内から出そうとした」

「そいつはおかしいぜ」

文蔵が逆らうように口をはさんだ。

「ほうっておいても、虎一は死罪になる身だ」

「自分の手で殺したいほど恨みが深かったのかもしれねえ。あるいは、毒死させたかったのかもしれねえ」

「しかし、そのために、赤の他人を犠牲にするか」

文蔵は口の端に冷笑を浮かべた。

「そうだ。今の考えは不自然だ。だから、俺はもうひとつの考えを持っている」

「なんですかえ」

孝助は身を乗り出した。

「敵は、錠前破りの腕が欲しいってことだ」

金吉は一同を見回して続けた。

「虎一の同業の者はある屋敷に狙いをつけたが、そこの土蔵の錠前は堅牢だ。それを破れるのは虎一しかいねえ。そこで、虎一を牢から出そうとした」

文蔵が何か言おうとしたが、すぐ口を閉ざした。

「これは俺ひとりの考えじゃねえ。佐々木の旦那もそう思っているんだ」

「でも、佐々木の旦那はそんなことは何も言っていなかった」

文蔵は戸惑い気味に言う。

「ほんとうかどうかわからないからだ。ただ、何者かが虎一に接触し、虎一がその指図にしたがって動くことは十分に考えられる」

　孝助は考えがまとまらないながら口を開いた。

「もし、そうだとしても、虎一は奉行所と取引をしたんじゃないですか。奉行所に手を貸すんじゃありませんか」

「確かに手を貸す約束をした。だが、守るかどうかわからねえ。守っても罪一等を減じられるだけだ。死罪にならなくても遠島だ。それより、このまま逃げ延びようって気になってもおかしくねえ。いや、そのほうがふつうの考えじゃねえか」

　孝助は何か受け入れられないものがあった。

「虎一の錠前破りの腕というのは、それほどのものなんですかえ」

　孝助は確かめるようにきいた。

「ああ、今までの仕事振りをみればよくわかる」

「虎一の代わりはいないほどですかえ」

「やい、孝助。また、おめえは俺にけちをつける気か」

　金吉が気色ばんだ。

「滅相もない。ただ、確かめたかっただけです」

「いずれにしろ、何者かが虎一に接触を図るはずだ。十分に注意をするんだ」

「金吉親分」

文蔵が皮肉そうに口許を歪め、

「虎一の見張りは丹羽の旦那が任されていることだ。佐々木の旦那がどう考えようと、俺っちには関《かか》わりねえ」

と、強きに出た。

「なんだと」

金吉が顔をこわばらせた。

「元はといえば、佐々木の旦那と金吉親分が八助と取引をしたのが……」

「てめえは佐々木の旦那に楯突《たてつ》こうっていうのか」

「ほんとうのことを言ったまでだ。佐々木の旦那や金吉親分はここじゃ出しゃばった真似をしねえでもらいたい」

文蔵はぴしゃりと言った。

「よく、そんな大口を叩《たた》けるな」

「まだ、わかっていないようだな」

文蔵が眦《まなじり》をつり上げた。

「八助と取引をしたってことは、金吉親分らは奉行所を裏切ったも同然だ。なにしろ、盗んだ金の半分を……。いや、そこまでは言わねえでおこう。だが、本来なら、丹羽の旦那は上役に訴え出るところだが、目を瞑《つぶ》ってやったんだ。それを……」

「ちっ。どうなっても知らねえ。おい、引き上げだ」

金吉は自分の手下に言い、部屋を出ようとした。

「待て。もし、虎一に逃げられたら、今度こそ、八助のことを問題にしなきゃならなくなる。それでいいのかえ」

金吉は振り返った。頰《ほお》が痙攣《けいれん》している。

「まあまあ、落ち着きましょうや」

亮吉が仲を取り持つように口をはさむ。

「皆、気が立っているんです。今は虎一の件に専心しましょう。虎一を助け出そうとする輩《やから》を捕まえさえすれば……」

年の功で、亮吉がさかんに金吉をなだめているのをよそに、孝助はさっきの金吉親分の言葉を考えた。

ある盗っ人が虎一の腕を欲しさに企んだことと言うが、孝助は素直にその考えを受け入れられなかった。

関わりないものを毒死させてまで、虎一の腕が欲しいのか。もし虎一の腕が必要な大仕事を計画しているなら、すでに虎一に接触を図っていたのではないか。知らないというのがほんとうだとすれば、虎一にはそのような接触はないということだ。

まさか、虎一が捕まったあとで、盗っ人はそのことを思いついたわけではあるまい。金吉の考えは間違っている。

孝助はそう考えた。だが、その中で、注目すべき考えがある。それは、虎一の与《あずか》り知らぬところで物事が動いているということ。そして、もうひとつ、敵はこれから、ことをなさんとしていることだ。

虎一のことは隠れ蓑《みの》であり、敵は何者かの毒殺を企んでいるのではないか。ひょっとして、虎一の解き放ちは敵にとって予想外のことだったのかもしれない。

つまり、敵には本命とする標的がいるのだ。だが、自分の考えが正しいという証《あかし》はない。ふと、気づくと、金吉は部屋に戻っていた。

どうやら、亮吉の説得が功を奏したようだ。亮吉が得意気な顔を、孝助に向けていた。

その夜の見張りはふたり掛かりで行なった。また、ときたま、外に出て吉兵衛の家の裏口の様子を探りに行った。

自身番にも小者が詰めて目を光らせている。

深夜を過ぎても、吉兵衛の家の周囲に変化はない。時が刻まれても、外は静かだ。敵は現われはしないし、虎一も家を抜け出したりしないと、孝助はますますその思いを強くした。そして、何ごともなく、朝を迎えた。

様子を見に行っていた峰吉が戻ってきた。

「虎一がいました」

「やっぱり、何も起きなかったな」

亮吉が片頬を歪めて言う。

「あれだけ、見張りがきつければ、誰も動けやしねえ」

違う。動けなかったのではない。動こうとしなかったのだ。なぜなら、虎一の外で起こっていることだからだ。

陽《ひ》が上り、丹羽溜一郎がやって来た。

「動きはなかったな」

溜一郎がいらだちを隠さずに言う。

「旦那。敵は我らの見張りに気づいて現われなかったんじゃないですかえ」

文蔵が苦い顔をして言う。

「いえ、今夜も動きはないと思います」

孝助は口をはさむ。

「今夜か」

「なぜだ？」

「やはり、虎一の言うように、投文の主に心当たりはないんじゃないですかえ。そして、投文の主にも虎一を助け出すという気はないんです」

「なに、どういうことだ？」

「旦那。虎一に会わせていただけませんか」

「虎一に？」

「確かめたいことがあるんです」

孝助は訴える。

「何を確かめたいんだ？」

「あっしの考えがあっているかどうか」

「孝助。おめえの考えってなんだ？」

「いえ、見当違いかもしれません。だから、虎一に確かめた上でないと、めったなことは言えません」

「ばかやろう。そんな大事なことなら言うんだ」

文蔵が怒鳴るように言う。

「へえ」

「へえじゃねえ。言ってみろ」

「わかりました」

孝助は意を決した。

「投文の主には最初から虎一を助ける気はなかったんです。あの毒殺は目晦《めくら》ましではなかったかと」

「目晦ましだと」

溜一郎の顔色が変わった。

「暗殺すべき真の狙いがいるんです。その人物をそのまま殺せば、疑いがかかる者がいる。そこで、虎一を逃がすための脅しによる殺しだという印象を世間に与えた……」

「ばかな」

溜一郎は否定したが、その声は弱かった。

「敵はまさか、虎一を本気で解き放つとは思っていなかったんじゃないでしょうか。

解き放たれたために、今は暗殺を実行出来ずにいるのかもしれません」

「だが、その証はねえ」

文蔵が口をはさむ。

「ですから、虎一に確かめてみたいのです。ほんとうに、投文の主に心当たりがないのか。それが偽りかどうか、確かめてみたいのです」

「うむ」

「旦那。猶予はありません」

孝助は迫る。

「よし。皆で行こう」

「待ってください。ここはあっしに任せてください。奉行所の人間の前では素直に喋《しやべ》らない可能性もあります」

「俺がいっしょに行く」

文蔵が口を入れる。

「いや。ここは孝助に任せよう」

「でも」

文蔵が不服そうな顔をした。

「いや。孝助が奉行所との関わりを隠して虎一と会ったほうがいい。へんに警戒させないほうがいい。孝助、そのつもりで行け」

「へい」

孝助は大きく深呼吸をしてから立ち上がった。

三

吉兵衛の家の前に立った。

孝助は戸を叩き、中に呼びかけた。

「ごめんくださいまし。おたずねします」

しばらくして、内側から戸が開いて、年寄りが顔を出した。吉兵衛だろう。

「虎一さんに急用があって参りました。どうぞ、お取り次ぎを」

「おまえさんは？」

「へい。浅草聖天町で一膳飯屋の板前をしている孝助と申します。とても大事な話だとお伝えください」

すると、奥の暗がりに男が立った。

「吉兵衛さん。入ってもらってくれ」

虎一に違いない。

「わかった。さあ」

吉兵衛は孝助を中に入れた。

「俺に用か」

中肉中背のがっしりした体つき。眼光は鋭く、四角い顔に大きな鼻。間違いない、虎一だ。

「へえ、あっしは孝助と申します。お訊ねしたいことがあって参りました」

「上がれ」

虎一はそう言い、先に梯子段を上がった。

あとに従って梯子段を上がり、孝助は二階の部屋に入った。

虎一と差し向かいになった。

虎一は煙管《きせる》を手にし、煙草盆《たばこぼん》を引き寄せ、刻みを詰めながら、

「話を聞こう」

と、促した。

「まず、『市兵衛ずし』で毒を盛られ、土産の握りずしを食べて、清六って男と旗本

の山川三右衛門さまが亡くなり、さらに元鳥越町の一膳飯屋でも日傭取りの男が犠牲になりました。このことで、雲間の虎一の解き放ちを求めて投文が届きました。この投文の主について心当たりはありませんか」

「おまえさん、岡っ引きの手先か」

虎一の目が鈍く光った。

「へい。ですが、いまはおかみの御用とは関わりなくお伺いしています。なにしろ、これからも毒死者が出るかもしれませんので」

煙草盆を持ち上げ、火を点《つ》けてから、

「これからも？」

と、虎一は厳しい顔をした。

「へい。そのことを確かめたくて参りました。いかがでしょうか。投文の主について心当たりはありましょうか」

「俺がほんとうのことを答えると思っているのか。俺の答えは嘘かもしれない。どう見極めるのだ？」

「あなたはほんとうのことを話すと思っています」

「なぜだ？」

煙管を口から離し、虎一は煙を吐き出してきいた。

「八助と女のことを口にしないからです」

「…………」

虎一は目を細めた。

「あなたは、なぜ捕まったのか、そのわけを御存じのはず。違いますか」

「なぜ、そう思う？」

「忍び込んだ先で待ち伏せされていたんです。誰かの裏切り以外、考えられません。忍び込む場所を知っているのはひとりしかいません。情婦に忍び込む場所を教えているとは思えませんから」

「うむ」

「それなのに、あなたが、仲間の八助のことを喋らないのが不思議でなりませんでした。何か目論見《もくろみ》があるのかと思っていましたが、そうではないようでした。あなたが、解き放たれたあと、あっしはあなたをつけていました。あなたの背中から激しさを感じなかった。もし、八助に仕返しをするつもりなら、あのまま逃げ出し、八助を追えばいい。でも、それをしませんでした」

「…………」

「あなたに情婦がいたそうですね。今、どうしているか御存じですか」

「知っている」

「八助といっしょだということを？」

孝助は恐る恐るきいた。

「ふたりが出来ていたのは前から知っていた」

「つまり、あなたはふたりに裏切られたんです。にも拘わらず、ふたりのことを詮議《せんぎ》の場でも言わなかった」

孝助は身を乗り出して、

「あなたはふたりを許しているんじゃないですか」

虎一が煙管の雁首《がんくび》を灰吹に叩いた音が部屋に響いた。

「許すも何もない。どうしようもないからだ。確かに、ふたりに裏切られた。だが、そうさせたのも、俺の力が衰えたからだ。だいぶ前から、俺は衰えを感じ取っていた。錠前をあけるのに時間がかかるようになった。そんな姿を、八助は見ていたのだ」

「自分の女も奪われたんです。怒りは覚えなかったのですか」

「ないと言えば、嘘になる。八助と女のことは前々から気づいていた。裏切られたのは俺が悪いからだ。もう、俺は足を洗う潮時だったのだ」

「そんなに割りきれるものですか」

「俺が八助のことを訴えて、もし八助が捕まりでもしたら、あの女は生きていく術《すべ》がなくなる。そのことを考えたら、八助を売ることは出来ん。それに、そんなことをしたら、俺も八助と同じ卑怯者《ひきようもの》になっちまうからな」

虎一は煙管に刻みを詰めようとしたが、思い止《とど》まって煙管を置いた。

「投文の主が、あなたの情婦だとは考えなかったのですか」

「ありえない。ふたりが示し合わせてやったことだと思ったからな」

虎一は厳しい顔を向けた。

「あなたは、やっぱりほんとうのことを話しています」

「そうだ。俺はもう嘘をつき、言葉巧みに言い逃れようなどとは思わない」

「やはり、投文の主に心当たりはないのですね」

「ない」

「たとえば、同業者があなたの腕を必要として仲間に引き入れたいために……」

片手を上げ、虎一は孝助の言葉を制して、

「さっきも言ったように、俺の腕は落ちていた。今の俺ぐらいの腕前なら、ざらにいる」

「では、あなたに恨みを持つ人間が、自分の手で殺したいために、とは考えられますか」

「俺は長い間盗みを働いてきたが、ひとさまを傷つけたり、ましてや殺したりしたことは一度もねえ。それほど、俺に恨みを持つ人間がいるとは思えねえ。いや、いねえはずだ」

「そうですか」

孝助はもはやあの投文は目晦ましだと思わざるを得なかった。

「どうした?」

虎一が顔をしかめた。

「へえ。今度の件は、やはり目晦ましだと考えていいかと」

「目晦まし?」

「へえ。三人の毒死者は投文をもっともらしくし、一連の殺しが雲間の虎一の解き放ちに関わっていると思わせるため。だとしたら、まだ、殺しは続くかと」

「さっきも、そう言っていたな。まだ、毒死者が出ると?」

「そうです。これから、真の狙いの人物に的を絞って攻撃をするつもりだった。ただ、敵は奉行所が雲間の虎一を解き放ちするとは思っていなかったはず。そのぶん、当てが外れたと思っているんじゃないでしょうか」

「………」

虎一は腕組みをし、しばらく考えていたが、ふと腕組みを解いた。

「真の狙いの人物を殺すために、三人の無辜《むこ》の人間の命を奪ったってのか。それはありえねえな」

虎一は厳しい顔で続けた。

「おまえさんは、さっき奉行所が俺を解き放つとは思っていなかったと言ったが、それほどの悪巧みをする人間がそのことに思いが至らなかったとは思えんな」

「………」

孝助はふいに十郎太の言葉が脳裏を掠《かす》めた。死んだ三人はいずれも世間の嫌われ者だったようなことを言っていた。

「敵の目的はすでに済んでいるのかもしれねえ」

「まさか……」

孝助は愕然《がくぜん》とした。

「三人の素性を調べてみることだ。ともかく、投文の件は俺とは関わりないようだ。ただ、俺が捕まったことを知っている」

「俺たちは敵に翻弄されていたってわけか」

孝助は胸をかきむしりたくなった。

「すまねえ。あっしはこれで」

孝助はあわてて立ち上がった。

「待て。同心の旦那に告げてくれ。牢屋敷に戻ると」

虎一は無表情で言った。


孝助は紅屋の二階に戻り、丹羽溜一郎と文蔵に虎一とのやりとりをすべて話した。

ふたりはしばし、言葉を失っていた。

やっと口を開いたのは文蔵だった。

「だが、そこまで言い切っていいかどうか」

文蔵は慎重になった。

「孝助。ほんとうに、虎一は嘘をついてねえのか」

「嘘をついているようには思えませんでした。あっしはほんとうのことを話していると思っています」

「だが」

と、口をはさんだのは溜一郎だ。

「裏切った八助と情婦を恨んでいないというが、ほんとうだろうか」

「あっしもそう思いますぜ」

亮吉が首を突っ込んできた。

「あっしは孝助は虎一にいいように振り回されたと思いますぜ。虎一の狙いは、八助と情婦じゃないんですかえ」

「どういうことだ？」

文蔵が目を剝《む》いた。

「今度は、八助と情婦が狙われるってことです」

「だが、ふたりは伊豆下田に行ったってことだ」

文蔵が当惑ぎみに言う。

「でも、それ、ほんとうですかえ。ひょっとしたら、江戸のどこかにいるんじゃありませんかえ」

亮吉は孝助に張り合うように新しい考えを披露する。

「待ってくだせえ。虎一はふたりを恨んでないと言いました」

「それが信用出来るのか。自分を裏切ったふたりを許すなんてふつうじゃ考えられねえ」

亮吉は侮蔑《ぶべつ》したように口許を歪め、

「俺はほんとうはおめえがひとりで虎一に会いに行くことが不安だったんだ。やはり、案の定、丸め込まれてきやがった」

と、容赦なく言う。

「待ってくれ。虎一は偽りを言っていない。それに、今度の件は、先に死んだ三人の中に、真の殺したい人間がいたんだ」

「ばか言え。いいか、最初のふたりは『市兵衛ずし』の土産に持ち帰った握りずしを食って死んだんだ。狙って殺せるのは元鳥越町の一膳飯屋の日傭取りの男だ。だが、あんな男を殺すのに手の込んだことをする必要はねえ」

亮吉は勝ち誇ったように言いきった。

「亮吉。そのことだが、ちと気になることがある」

溜一郎が難しい顔で口をはさんだ。

「なんですね」

「死んだ日傭取りの益蔵は、火盗改の密偵をしていたらしい」

「なんですって。火盗改の密偵？」

驚いてきき返したのは文蔵だった。もちろん、亮吉も啞然とした顔をし、孝助は心の臓の鼓動が激しくなった。

「そうだ。火盗改の与力がこっそり俺に会いに来た。今は、特に重大な探索はしていなかったようだが、独自に何かを探っていて消されたのではないかと死んだときの様子をききにきたのだ。投文の件を話すと納得していたが……」

溜一郎が当惑げに話した。

「益蔵が重大な何かを嗅《か》ぎつけたのなら、与力の旦那に話しているんじゃありませんかえ。だって、益蔵はすぐに消されたわけじゃありませんからね。話す機会はたくさんあったはずですぜ」

亮吉は異を唱えた。

「確かに、亮吉の言うとおりだ」

溜一郎は応じて、

「益蔵を殺すために、あのように手の込んだことをするとは思えぬ。やはり、益蔵の件はたまただ」

「どうだ、孝助。何か言い分はあるか」

「いえ。益蔵のことは仰《おつしや》るとおりかと」

孝助は答える。

「先のふたりにしても土産のすしを食ったんだ。最初から狙われていたわけじゃねえ。あまり出しゃばって、探索の足を引っ張るような真似をするな」

亮吉はすっかり孝助をやり込めた気になっていた。

「旦那。虎一を痛めつけて、きき出しますかえ」

文蔵が意見を言う。

「いや、そんなことで口を割るような男じゃねえ。亮吉の考えどおりなら、虎一はふたりに復讐することだけが望みだ。自分はもう覚悟を決めているんだ」

溜一郎が答えたとき、梯子段を上がる足音がした。障子を開けて、佐々木恭四郎と金吉がやって来た。

「虎一をどうするんだ?」

あぐらをかくなり、恭四郎がきいた。

「もう、牢に返すしかないでしょう」

「あらたな犠牲者が出る心配はないか」

「そのことなら、今我々で話していたんですが、次の狙いは八助と情婦ではないかと」

「なに、八助と情婦？」

恭四郎の顔色が変わった。

「虎一は自分を裏切ったふたりへの復讐《ふくしゅう》を投文の人間に頼んだのではないか」

「どういうことですね」

金吉がきく。

「投文の狙いはそのまま虎一の解き放ちだ。だが、虎一は周囲を我らに囲まれ、逃げるのは無理だと察した。だが、八助と情婦だけは許せない。投文の主は、虎一の命令に従った。そういう筋書きよ」

文蔵が答えた。

「孝助。おめえも同じ考えか」

金吉が孝助に意見を求めた。

「いや、こいつは違うんですよ」

亮吉が冷笑を浮かべて、

「こいつは虎一にすっかり丸め込まれちまって、虎一の言うことを信じちまっているんです」

「どう考えているんだ？」

恭四郎も孝助の考えを気にした。

「へえ。あっしは、投文にある虎一の件は目晦ましだと……」

「虎一を解き放せというのは見せかけだけで、真の狙いは別にあるというのだな」

「そうです」

「佐々木の旦那」

文蔵が居住まいをただし、

「いずれにしても、八助と情婦を見つけ出す必要がありますぜ。毒殺される前に二人を捕まえれば、虎一もすべて正直に喋ってくれるかもしれません」

恭四郎は顔をこわばらせた。金吉も青ざめた顔をした。

八助と情婦が捕まれば、取引したことがばれてしまう。そう思ったのだろう。そうと察したのか、溜一郎が金吉の耳元で囁《ささや》くのが聞こえた。

「あの件は黙っていてやる。ただし、金はだめだ」

八助からもらった金をどうしろというのかわからない。まさか、分け前を寄越せと謎《なぞ》をかけているのではないだろうが。

「よし。虎一を牢に送り返す。それから、吉兵衛にきのうのきょうで、虎一にこっそり会いに来た人間がいたかどうか確かめるんだ」

溜一郎が文蔵に言うと、亮吉がすかさず文蔵に近付き、

「親分。孝助はもう外したほうがいいですぜ。虎一を信じ切っている者がいたんじゃ、この先の探索に支障を来すかもしれねえ。かえって、足手まといになりますぜ」

と、こっちに冷たい目を向けて誹謗《ひぼう》する。

「親分」

孝助はすかさず近付き、

「あっしは仰せに従います」

と、声をかけた。

「そうか。じゃあ、あとはいい」

文蔵はあっさり突き放すように言った。

亮吉は冷笑を浮かべていた。

四

疑いが晴れて、再び屋台を出すようになったが、以前のように客がやってこない。毒を盛られたすし屋という風評はすぐには消せない。なにしろ、下手人が捕まったの

ならともかく、毒を使った人間はまだ大手を振って町中を闊歩《かっぽ》しているのだ。

市太郎は早々と引き上げてきた。

「お帰り」

おこまが迎える。おこまは何もきかなかった。市太郎の顔色をみるまでもなく、こんなに早く引き上げてくるのは商売がうまくいってない証だ。

「他のすし屋は客が入っているっていうのに……」

つい愚痴が出る。

浅草界隈《かいわい》には何軒かすし店はあるが、どこも握りずしを出すようになって繁昌している。だが、屋台は客足が遠のいているようだ。

なんとかしなければならない。新しいものを作るにしても、そうそう思いつくものではなかった。

屋台のよさは安くてうまいものが食えることだ。

「しばらく、儲《もう》けを抜きにして安く売るか」

市太郎は呟く。そうして、客足を戻すしかない。このまま、毒を使った人間が捕まらなかったら、こっちは暮らしていけなくなる。死活問題だ。

だが、儲けがなければ、いつまでも安売りを続けられない。客足が戻るまでに、こっちが干上がってしまう。

「おまえさん、さっき『華屋』の女中頭のお敏《とし》さんが見舞いに来てくれてね。お敏さんから聞いたけど、いまマグロが大量に獲《と》れているそうよ」

「マグロのような下等な魚がたくさん獲れても仕方ねえ」

市太郎は気のない返事をする。

「でも、『華屋』の旦那はマグロを使った料理が出来ないか、考えているそうよ。マグロをすしに出来ないかしら。そしたら、かなり安く売り出せるじゃないか」

「安くなるっていったってマグロなんか誰も振り向きゃしねえよ」

「でも、なんとか工夫すれば……」

マグロは鎌倉の昔から、下賤《げせん》な食い物とされてきた。今だって、貧しい人間が口にするだけだ。

昔から刺身はあるが、タイやヒラメが主で、マグロなんて食べられる代物ではない。

「だいたい、猫もまたいで通るってものをすしに出来るか」

市太郎は一蹴《いっしゅう》した。

「そうかしら」

おこまは不満そうに何か言いかけたが、戸が開いたので、口を閉ざした。

「あっ、十郎太さん」

市太郎は立ち上がって迎えた。

「すしを食おうと思って行ったら、屋台が出ていなかったのでな。どうしたのかと思って来てみた」

「へえ、すみません。なにしろ、客がさっぱりで、商売上がったりです」

市太郎は溜め息をついた。

「下手人が早く捕まってくれれば、また安心して客も戻ってくるんでしょうが……。いってえ、お奉行所は何をしているんでしょうね」

つい八つ当たりしたくなる。

「そうだな。俺も奉行所のやることはわからん。どうも的外れなことばかりしているようだ」

「的外れですかえ」

「そうだ。だが、下手人が捕まることを願うより、そんなことに関わりなく、どうしたら商売が立ち行くか考えたほうがいい」

「十郎太さま。今、マグロを使ったすしを作ったら安く出せるんじゃないかって話していたんですよ。でも、うちのひとはそんな下賤な食べ物を客が食うはずはないって」

おこまが脇から口をはさむ。

「マグロか。いや、それなら、安いすしが出来そうだな」

「それはそうですが、マグロなんて、人に隠れて食うような代物ですぜ。マグロを食ったなんて恥ずかしくてひとに言えやしない」

「そうでもないぞ」

十郎太が真顔で続けた。

「そういう言い方をするのはむかしの名残りだ」

十郎太はうろ覚えだがと言い、

「平安時代は、マグロはどういうわけか、『シビノウオ』と呼ばれていたそうだ。鎌《かま》倉《くら》時代になって、シビが『死日』に通じるとして武家は嫌った。徳川の世になってからマグロと呼ばれるようになったが、まだ昔の考えが残っているのだろう。だが、よく考えてみろ。コハダだ。コハダはコノシロのことだ。武士は、コノシロを『此《こ》の城』に通じるとして食わなかったそうだ。だが、江戸っ子はみなコハダを好んで食べる」

「へえ、そうですね」

市太郎も知っている。

「マグロだってそうだ。武士の縁起担ぎに引きずられることはない。かなめはおいしく食べられればいいんだ」

「へえ」

「人に隠れて食うような代物というのは、食っている人間がいるということだ。工夫をすればうまくなるのではないか」

「確かに、その通りで」

市太郎はなんだか全身に闘志が漲《みなぎ》ってくるのを感じた。

市太郎は考えながら、

「マグロは漁師が獲ってからひとの口に入るまでに味がだんだん落ちて行く。そのときに、何か工夫すれば……」

と、呟く。

「そうか、醤油漬《しょうゆづ》けにして運んでもらえばいいかもしれねえ。いや、今魚屋で売っているマグロを醤油漬けにしたら……。だが、そんなんで食ってくれるだろうか。やはり、見た目で避けたがるんじゃねえか」

市太郎は自問する。

「海苔《のり》で巻いたらどうだ？」

十郎太が口にした。

「思いつきだ。巻きずしにしたらどうだ。海苔巻きだ。干瓢《かんぴょう》の代わりにマグロを巻いたらどうだろうか。それなら、見た目をいやがらずに食えるんじゃないか。それでマグロを見直してもらい、握りずしに」

「よし、さっそく、やってみる」

市太郎は吠えるように叫んだ。

孝助は本湊町から戻って『樽屋』の板場にいたが、庖丁を持って大根を千切りにしている手が何度も止まった。

「孝助。気になるのか。調べてきたらどうだ」

喜助が声をかける。

「ああ、虎一の言ったことが気になるんだ。敵の目的はすでに済んでいるのかもしれねえ。そう言ったんだ。それと、十郎太さんだ」

孝助は思いつめた目で話す。

「十郎太さんが言うには、殺された三人は嫌われ者だったそうだ。清六って男は博打《ばくち》打ちで、喧嘩でひとを殺したこともあった。旗本の山川三右衛門は賄賂《わいろ》を要求したり、他人の女房にも手を出すほど女癖が悪い。また、三人目の益蔵は日傭取りと言っているが、もともとはならず者で、じつは火盗改の密偵だったらしい。十郎太さんも、この三人の中に殺そうとした人間がいたのではないかと考えているようだ」

「投文は目晦ましだったってわけか」

喜助が皺《しわ》だらけの顔をしかめた。

「そうだ。だが、文蔵親分たちは、自分を助けようとした輩に、虎一は八助と情婦に復讐を命じたと考えた。確かに」

孝助は続ける。

「八助と情婦を捕まえることは当然だ。でも、それは、一連の事件とは関わりないんだ。このままじゃ、毒殺の下手人がわからずに終わってしまう」

「孝助。行ってこい。自分が信じたとおり、動いてみろ」

「うむ。だが、どこから手をつけていいかわからねえ」

「そりゃ、清六のことからだ。清六が誰かに恨まれていたかどうか、そこから調べたらどうだ」

「そうだな。とっつあん。また、出かけてしまうけどいいか」

「いいってことよ。うまくいけば、文蔵の覚えがますますめでたくなる。行って来い」

「わかった」

孝助は庖丁を置き、襷《たすき》を外す。

「じゃあ」

喜助にあとを任せ、孝助は『樽屋』を出た。

三好町にある丸兵衛店にやって来た。清六の住まいだったところはまだ空き家になっていた。

隣に住む鋳掛け屋の元助に家を訪ねた。だが、まだ元助は帰っていなかった。鍋《なべ》、釜《かま》の修理で一日中歩き回っているのだろう。

孝助は大家の家に行った。頑固そうな顔をした大家が出てきた。

「おや、おまえさんは？」

「へい。文蔵親分の手の者で孝助と申しやす」

「おお、そうだった」

清六が死んだときは、すっかりうろたえていたようだが、今は別人のように落ち着いて、大家らしい威厳に満ちていた。

「大家さん。ちと死んだ清六のことで伺いたいんですが、清六はどんな男だったんですかえ」

「手慰みが過ぎたな」

大家は渋い顔で言う。

「仕事は何を？」

「以前は左官屋をしていたが、酒と博打でしくじってから、ぶらぶらしていた。おそらく、賭博の負け金の取り立てをしていたようだ」

「取り立てですか」

阿漕《あこぎ》で強引な取り立てに恨みを持つ人間もいるかもしれない。

「清六を恨んでいる者はいましたかえ」

「さあ、どうかな。長屋じゃ、揉《も》め事は起こさないしな。恨んでいる人間がいるとしたら、博打絡みだろうから、ここじゃわからぬな」

「清六に土産のすしを持ってきた男を知りませんか」

「一度、見掛けたことがある。三十半ばで細面の、眉尻がつり上がった目付きの鋭い男だった。頬骨が突き出ていたのが印象に残っている」

「名前は知りませんか」

「知らないな」

大家は首を横に振ってから、

「今ごろ、何を調べていなさる？」

「いや、調べているってほどのことではないんです。念のために確かめておこうと思いましてね」

「そうかね」

半信半疑の体で、大家は思いだしたように、

「そういえば、以前に浪人さんが同じようなことをききにきました」

あっと思った。十郎太だ。

「そうですかえ。ほんとうになんでもないんで」

孝助は大家の家を出た。空は暗くなっていた。そろそろ、元助は戻って来るだろうと思いながら、元助の住まいに言ってみた。

腰高障子を開けたが、まだ帰っていなかった。

しばらく外で待っていると、木戸から鞴《ふいご》を担いだ年寄りが入ってきた。

近づいて、声をかける。

「元助さん」

「おまえさんは確か、文蔵親分のとこの？」

「そうです。孝助です。ちょっと、また話を伺わせていただきたくて」

「そうかえ。じゃあ、入ってくんな」

戸を開け、台所の流しの手前に鞴などの商売道具を置き、部屋に上がった。だいぶ暗くなっていたが、元助は行灯《あんどん》に火をいれようとしなかった。

「なんだね、話って？」

「清六さんは博打にのめり込んでいたそうですね」

「ああ、そうだ」

「ひとから恨まれるようなことはなかったんですかえ」

「どうだろうな。結構、阿漕なこともしていたようだからな。恨まれていたかもしれねえな」

「どんなことをしていたんですかえ」

「博打の借金の取り立てで、相手の嬶《かかあ》を岡場所に売り払ったってことを得意そうに話してた」

「ひでえことを。その亭主はどうしたんでしょうね」

「首をくって死んだそうだ」

「…………」

　孝助は言葉がなかった。

「それより、また清六のことを調べだしているのか」

　元助が不思議そうにきく。

「清六さんに土産を持ってきた男の名前はわかりますか」

「いや、聞いたかもしれねえが、覚えちゃいねえ」

「その男はよく土産を持ってくるんですかえ」

「珍しいこともあるもんだと言っていたな」

「いっしょに食べようと、清六さんが誘ってくれたんですね」

　以前に聞いた話を思いだしてきく。

「いや、じつはそうじゃねえんだ。壁越しに握りずしの話が聞こえ、喉《のど》を鳴らしていたら客が引き上げたんだ。だから、少し分けまえをもらおうと、清六のところに押しかけた。ちょうど、コハダを食おうとしていた。あの野郎、俺の顔を見るなり、とっつあんに食わせるぶんはないと言いやがった。ひとつでもいいから食わせろ。だめだ。そんなことを言わねえでどれでもいいからと言い合っていたら、アナゴを食わしてくれたんです。そしたら、野郎、急に苦しみ出したんだ」

「清六さんはコハダから食いはじめたんですね」

「そうだ。ぞっとしたぜ。もしかしたら、俺も危なかったかもしれないからな」

「土産の男は、その後、現われたんですか」

「いや。俺が知る限りはやってきてないな。自分の土産であんなことになったんで、恐ろしくて来られないいんじゃないか」

元助は想像を述べた。

「清六さんは、土産を持ってきた男といがみあっていた気配はありましたか」

「いや、ふつうだったぜ。賭場でよく顔を合わせていたんだろうよ」

「そうですか。お邪魔しました」

孝助は礼を言って元助の家を出た。

それから、孝助は諏訪町の『角野屋』に向かった。

すでに『角野屋』の大戸は閉まっていた。

潜《くぐ》り戸を叩く。覗き窓から目が覗いた。

「おかみの御用を預る文蔵親分の手の者で孝助と言う。ちょっと開けてくれ」

大店の人間には少し横柄な態度のほうがいいと、孝助はわざとぞんざいに言う。

「はい、ただいま」

あわてて、手代らしい二十歳ぐらいの男が戸を開けた。

孝助は土間に入り、

「親分から頼まれて、ちょっと確かめにきたんだ」

と、文蔵の威を借りて言う。

「はい」

「先日の『市兵衛ずし』に土産を買いに行った手代に用がある」

「はい。私ですが」

「おまえさんか。ちょうどよかった」

帳場格子の前にいる番頭らしき男がこっちを見ている。

「おまえさんが『市兵衛ずし』に土産を買いに行ったのは、どうしてだえ」

孝助は切り出す。

「旦那さまから頼まれたからでございます」

「そういうことはよくあるのかえ」

「いえ。あの日は、山川三右衛門さまがいらっしゃるので、旦那さまが買ってくるようにと」

「『市兵衛ずし』に客がいたと思うが覚えているかえ」

「はい。三十半ばぐらいの男のひとがいました」

手代はすぐに答えた。

「見掛けたことはあるかえ」

「いえ、ありません」

手代は首を横に振る。

「で、土産を持ち帰ってどうした？」

「はい。旦那さまにお渡ししました」

「『市兵衛ずし』からここにはまっすぐに帰ったのか。途中で寄り道をしなかったのか」

「まっすぐ帰りました」

「そうか」

孝助は頷いてから、

「山川さまはたびたびここに来るのか」

「はい、何度か」

「なにしに来るのだ？」

「それは……」

手代は番頭のほうにちらっと目をやった。

「わかりません。旦那さまに御用があって参りますから」

「旦那はいるか」

「いえ、寄合でお出掛けでございます」

「では、内儀を呼んでもらいたい」

「内儀さんですか」

また、手代は番頭のほうに目をやった。

番頭が立ち上がってやってきた。

「何か、お調べでございましょうか」

「いや。ちょっと確かめたいことがあるだけだ。内儀を呼んでもらおうか」

「はあ、ですが、内儀さんは夜は早く、寝間に入られます。今宵は……」

番頭は拒んだ。

「何か、拙《まず》いことでもあるのか」

孝助は鋭い目を向けた。

「とんでもない。そんなことはありません」

「そうか。さっきから、なんだか警戒しているように思えたんだが、気のせいかえ。

場合によっちゃ、徹底的に調べなきゃならねえからな」

「そんなことありません」

「もう一度言うが、内儀に会わしてはもらえないんだな。よし、わかった。そのつもりで、明日また出直そう」

孝助はわざと強気に出ると、番頭があわてて、

「じつは内儀さんは、あのことがあってからお体の具合が優れませんで」

と、哀願するように言った。

「あのこととは、山川さまのことか」

「はい。それで、最近は早々とお休みになられます」

「そういうことか」

孝助は同情する気持ちも起きた。

自分の屋敷で、客の旗本が毒死したのだ。その苦悶《くもん》の姿を目の当たりにしていたのだろう。衝撃の大きさはわかる。

「そういうことなら、素直に引き下がる。明日にでも、改めて旦那に会いにくる。邪魔した」

孝助は潜り戸を出て、すっかり人通りの絶えた夜道を聖天町に向かってひた走った。

『樽屋』に帰り着くと、暖簾《のれん》は片づいていたが、戸障子は開いていた。中に入ると、ひとりを除いて客は引き上げたあとだった。残っていたのは、言うまでもなく十郎太だった。

いつものように酔いつぶれて壁に寄り掛かって寝ていた。

喜助が苦笑した顔を向けた。

「十郎太さん」

孝助が声をかけると、十郎太は目を開け、大きく伸びをした。

「おや、きょうも最後か」

十郎太は眠そうな顔で言う。

「清六の長屋と『角野屋』に行ってきました。確かに、清六はとんでもない奴でした。それから、『角野屋』の内儀はあの件以来、具合が悪いそうです」

孝助はとろんとした目の十郎太に話しかけた。

「元鳥越町の一膳飯屋で死んだ益蔵は火盗改の密偵だったそうです。十郎太さんの言うように三人ともまともな人間ではなかったようです」

十郎太は聞いていなかったかのように大きなあくびをした。孝助は構わず続ける。

「山川三右衛門がどういう経緯でコハダを口にしたのか、明日、『角野屋』の主人に会ってきいてみるつもりです」

「ああ、今宵も呑んだ」

十郎太は立ち上がった。よろけて、足を踏ん張る。

「だいじょうぶですかえ」

「ああ、大事ない。銭はここに置く」

小上がりから下り、草履をはいて、十郎太は戸口に向かった。

孝助は外まで見送る。

「内儀の体の具合が優れぬわけが気になるな」

十郎太は鋭い声で言ってから、またよろけるようにして歩きだした。自分の正体を見破られないように用心しているのだと、孝助は思った。

それより、内儀の体の具合が優れぬわけとはなにか。そのことが気になった。

第四章　市太郎ずし

一

朝霧が深く立ち込め、聖天さまの境内に現われた人影が十郎太だと近づくまで気づかなかった。

「すごい霧だ」

十郎太が閉口したように言う。

「すぐ晴れましょう」

孝助は応じる。

「だといいが」

十郎太は事件のことを言っているのだ。

「きのう、帰り際、妙なことを言ってましたね。内儀の体の具合が優れぬわけが気になると。どういうことですか」

孝助は問い詰めるようにきく。

「そなたは、なぜ、その言葉にひっかかる？」

「十郎太さんが、あえて、そのようなことを口にしたからですよ。目の前で客の山川三右衛門が毒死したのです。女の身にはかなりこたえたことでしょう。優れぬわけは、それだからではありませんか」

「確かにな。おや、だんだん引いて行くな」

足元から霧が消えて行く。

近くにひとがいたので、大川が見渡せる場所に移動する。周辺の霧は晴れたが、大川は霧に覆われていた。

「いまだに、そのときの衝撃が尾を引いているというわけか」

「そうではありませんか」

「いまだにな」

十郎太は意味ありげに呟《つぶや》く。

「あなたは何を考えているのですか」

「やはり、山川三右衛門がコハダを食べたことが気になる。確かに、昔ほど、コノシロを避ける風潮は少なくなり、それを食する武士も増えてきたとは思う。だが、山川三右衛門は町人の家でコハダを食べている」

「山川さまは、そんな縁起を担がないんじゃありませんか」

「そうかもしれぬ。だが、自分の屋敷で食うならともかく、町人の前でコハダを食ったことに引っかかるのだ」

「十郎太さんは、どう考えているのですか」

「まだ、わからん。ただ、ほんとうにコハダを食ったかどうかわからんではないか」

「えっ？」

「清六がコハダを食って死んだのは確かのようだ。しかし、山川三右衛門がコハダを食ったかどうかわからん。別のものを食べたのかもしれぬ」

「でも。主人の忠兵衛はコハダを食べたと言っているんですよ。山川さまは日頃からコハダを食べていたんじゃないですか」

「なぜ、コハダだったのだ」

十郎太は謎《なぞ》のように言う。

「ずいぶんコハダにこだわりますね」

「うむ。そのことと内儀の体の具合がいまだに優れぬことと考え合わせると……」

「考え合わせると、なんですか」

「いや。まだ、はっきりしない。証《あかし》も無しに、迂闊《うかつ》なことは言えぬ」

十郎太はやはり答えを濁し、

「きょうは『角野屋』の主人に会いに行くのだな」

「ええ、山川さまがコハダを食べたときの様子をきいてみます」

「うむ。そのとき、主人にきいてもらいたいことがある」

「なんですね」

「伊予《いよ》諸角家に出入りをしているかと」

「伊予諸角家というと、江戸家老の渡良瀬惣右衛門どのが『なみ川』で亡くなった……」

十郎太は十年前の『なみ川』の食中《しょくあた》りはトリカブトの毒死ではなかったかと言い出したことがある。

「どういうことですかえ」

「いや、ただ知りたいのだ」

まだ多くを語るほどの自信はないと、十郎太は思っているのかもしれない。

「わかりました」

「それから、元鳥越町の一膳飯屋で死んだ益蔵のことだ。死んだとき、店に三十半ばぐらいの細面で、眉尻《まゆじり》がつり上がった目付きの鋭い遊び人ふうの男がいなかったか、きいてみるんだ。そう、頬は削《そ》げて頬骨が突き出ている」

「それって、『市兵衛ずし』で清六に土産のすしを買った男じゃ……」

「念のためだ。今夜、『樽屋』に行く」

そう言い、十郎太は勝手に石段に向かって歩きだした。

大川を覆っていた霧は晴れ、対岸の三囲神社の鳥居がくっきり見えた。

『角野屋』に行く前に、孝助は東仲町の文蔵の家に寄った。ちょうど、文蔵が峰吉を従え、出かけるところだった。

「孝助か」

土間で、孝助は文蔵と向かい合った。

「親分。虎一はどうなったんですかえ」

「牢《ろう》屋敷に戻した」

文蔵は厳しい顔で答える。

「八助と情婦のほうは？」

「佐々木の旦那《だんな》と金吉が、霊岸島に住む情婦だった女の叔母を問い詰めて居場所を白状させた。伊豆下田に行ったというのは嘘《うそ》だった。ふたりは巣鴨のほうにいるらしい。これから、その辺りを調べる」

「そうですかえ」

ふと、思いだして、

「虎一の罪一等を減じる件はどうなったんですかえ」

「あれは取り下げだ」

「取り下げ？」

孝助は憤然として、

「だって、取引して牢から出したんじゃないですかえ」

と、訴えた。

「投文の主を捕まえられなかったんだ。取引は成立しねえ。それに、奴はなめた真似《まね》をしやがった」

「なめた真似？」

「そうよ。投文の主に、八助と情婦への仕返しを依頼したんだ」

「待ってください。そうだとはっきりしたわけじゃありませんぜ」

「いや。これまでの流れを見る限り、そう考えるのが自然だ。まあ、今日一日経《た》てば、はっきりする」

「どういうことで？」

「吟味方与力の詮議《せんぎ》で、牢問《ろうもん》にかけるそうだ」

「牢問ですって」

孝助は唖然《あぜん》とした。

「親分、いけません。今回の件に虎一は関《かか》わっちゃいません。虎一はあっしの問いかけに正直に答えてました」

「孝助。おめえは、この件から外れたんだ。がたがた言うんじゃねえ」

孝助の体を横に押しやり、文蔵は戸口を出て行った。

峰吉が困惑した顔で、文蔵のあとについていった。

気を取り直して、孝助は浅草諏訪町の『角野屋』に向かった。

店先に、きのうの手代がいた。

「旦那はいるかえ」

「ただいま」

手代はあわてて奥に下がった。

すぐに戻ってきて、

「旦那さまがお会いするそうです。どうぞ」

と、孝助を案内した。

帳場の横の小部屋に通された。

主人の忠兵衛がすぐにやって来た。四十前の渋い感じの男だ。

「どんな御用でございましょうか」

「少し、確かめたいことがあります。まず、山川三右衛門さまはどういう用向きで、こちらにやって来られたのですか」

「貢ぎ物を売払った代金を受け取りに私どものところにおいでになりました。勘定組頭というお役目はとかく贈賄の品が多く届くようでございますので」

「自分で金を受け取りに？」

「はい。何かと入り用だそうで」

忠兵衛は意味ありげに笑みを浮かべた。

「握りずしは、山川さまにお出ししようとして買いに行かせたんですかえ」

「さようで。以前に、握りずしが好物だと仰《おつしや》っておいでてでしたので」

「山川さまは、自ら進んで食べはじめたんですかえ」

「そうです」

「最初にコハダを？」

「はい、そうです」

「コハダはコノシロといい、『此《こ》の城』を食うに通じ、武士は忌み嫌ったということですが、山川さまにはそのようなことはなかったのでしょうか」

忠兵衛は答えるまで一拍の間を置いて、

「それは昔の話ではありませんか。いまはそんなことはないと思いますよ。武士が威張っている時代ではありません。それに、すしに使われているのはコノシロではなくコハダと呼んでいますから」

「なるほど」

「はい。現に、山川さまはすぐコハダに手を伸ばしましたから」

やはり、そのことは十郎太の考えすぎだったか。もうひとつ、十郎太が気にしていたことをきいた。

「コハダ以外に何か食べましたか」

「コハダ以外に、ですか」

忠兵衛は眉根を寄せた。

「そうです」

「いえ、コハダだけです」

「当然、酒は呑《の》んでいたんですね」

「ええ、呑んでました」

答えるまで一拍の間があった。

その間が気になったが、深く追及するまでのこともなく、さらに十郎太に頼まれたことをきいた。

「ところで、旦那は伊予諸角家に出入りをしていますかえ」

「………」

おやっと、孝助は眉を寄せた。忠兵衛が微《かす》かにうろたえたような気がしたのだ。予期しない問いかけだったのだろう。

「どうなんですね」

「はい。私どもは献残屋ですから、伊予諸角家だけでなく、他の大名家からの払い下げの品物も買わせていただいております。それが何か」

「いや、ただきいただけです」

「さようでございますか」

「ところで、内儀さんは体の具合が優れぬようですが？」

「あのような騒ぎがありまして、その後の後始末などで心労が重なったのでございます」

「山川さまは内儀にご執心だったという噂《うわさ》があるようですが」

「根も葉もない噂」

忠兵衛は表情をこわばらせ、

「いったい、何をお調べでございましょうか」

と、鋭くきいた。

「さっきも言ったように、確かめたかっただけです」

「なぜ、今ごろ？」

「今もって下手人が見つからないのは、今まで見当違いの捜索をしていたからではないかと思いましてね。毒殺の狙《ねら》いはもっと別のところにある。そんな気がしたんです」

「別のところ？」

「そうです。賊の真の狙いは……。いや、やめておきましょう」

「なんでしょうか。私どもも被害を受けた身。気になります」

「それより、山川三右衛門さまの死を、山川家のほうはどう始末をつけたのでしょうか」

「病死ということに」

忠兵衛は目を伏せた。

「山川家のほうは下手人の詮索をしようとしなかったのですか」

「誰彼かまわずの毒殺でございましたから……」

「わかりました。内儀さんをお大事に」

そう言い、孝助は引き上げた。

それから、孝助は元鳥越町に向かった。

以前は鳥越町だったが、正保二年（一六四五）に幕府に一部が召し上げられ、山谷堀の北側に替え地が与えられた。そのために、その替え地を新鳥越町、そしてここが元鳥越町になった。

事件のあった一膳飯屋は元鳥越町にあった。

ちょうど昼飯どきで、ふだんならもっと客が立て込んでいていいはずだが、あの毒殺騒ぎがあってから客足が遠のいたようだ。

あのときはもっと客で混み合っていたのだろう。

孝助は以前に駆けつけたときに会った亭主に声をかけた。

「文蔵親分の手下の孝助っていいます」

「やっ、あんときの……。まだ、捕まんないのかえ。早く捕まえてくんなきゃ、困るぜ」

白髪の目立つ亭主が赤い顔をして言う。

「へえ、もう少しまってやってください」

「少しずつ客も戻ってきてくれているが、まだ以前のようなわけにはいかねえ。文蔵親分にもよく言っておいてくれ」

「わかりやした。で、そのことなんですが、あのとき、客の中に、三十半ばぐらいの細面で、眉尻がつり上がった目付きの鋭い遊び人ふうの男がいたかどうか、覚えてないかえ」

「さあな。忙しい時間だったからな」

「馴染《なじ》みじゃねえ。はじめてみる顔だ」

「うむ。いたような気もするが……」

亭主は首を傾《かし》げた。

「いたぜ」

背後で声がした。

職人体の若い男だ。

「見た？　ほんとうか」

「俺の隣に立っていた。そうだ、確かに三十半ばぐらいの細面の男だ」

「そういう男はざらにいるぜ」

「だが、はじめて見る顔だった。そう、頬が削げ、頬骨が突き出ていた。少し凄味《すごみ》のある顔で、益蔵が苦しみ出したのを見ていた」

「その男が毒をいれたとは思えなかったかえ」

孝助は確かめる。

「益蔵が苦しみ出す前には、俺の傍にいたからな。その後、騒ぎになってから、その男がどうしたかわからねえ」

益蔵の白和《しらあ》えの器に毒をいれ、その場を離れ、この職人の傍で様子を見ていたのかもしれない。

十郎太の想像が当たっている。同じ人物だとまだ言いきれないが、『市兵衛ずし』で土産を買った男と人相は似ている。

「益蔵は手慰みをするのかえ」

「ああ、好きだったな」

亭主が答える。火盗改の密偵だったことは知らないようだ。

「益蔵は独り者だったんだな」

「そうだ。独り者だ」

亭主は答える。

益蔵のことは密偵として使っている火盗改の与力にきけばいい。丹羽の旦那にきいてもらおうと思った。

ともかく、『市兵衛ずし』で土産を買った男を探さねばならないと思った。

二

その夜、孝助は文蔵の家に行った。亮吉だけで、源太と峰吉の姿がなかった。

文蔵は得意気な顔をしていた。

「親分。どうだったんですかえ」

挨拶《あいさつ》をすますなり、孝助はきいた。

「捕まえたぜ」

亮吉が先に答えた。

「捕まえた？　八助ですか」

「そうよ。ふたりは巣鴨の子育て地蔵の近くで呑み屋をはじめていた。居抜きの店を買ったんだ」

亮吉が含み笑いをし、

「八助の野郎。親分の顔を見て、がたがた震えやがった」

「ふたりに、虎一がおめえたちに殺し屋を雇ったかもしれねえと告げたら、あっさり観念しやがった。あとは、虎一が白状してくれれば、一件落着だ」

文蔵は煙管《きせる》を片手に北叟笑《ほくそえ》んだ。

「八助には心当たりはないんですかえ」

「うむ。八助は知らなかった」

「情婦もですかえ」

「そうだ。おそらく、虎一には八助にも明かしていない仲間がいるんだ」

そんな仲間がいるはずはないと、孝助は思った。

「もし、虎一が何も喋らなかったらどうするんですかえ」

「その心配には及ばねえ。じつは、八助と女を囮《おとり》にしている」

「囮《おとり》ですかえ」

「そうよ。ふたりの呑み屋の二階にはうちの旦那と源太、峰吉が潜り込んで、賊を待ち伏せするんだ。付近には佐々木の旦那や金吉が張っている。今度こそ、現われたら捕まえてやるさ」

「なら、虎一を牢問にかけなくてもいいんじゃないですかえ」

「いや。虎一の口を割らすことも必要だ。自分を裏切った八助と情婦は奉行所の手に落ちた。虎一だってもう思い残すことはあるまい。必ず喋るはずだ」

文蔵の態度は自信に満ちていた。

「親分。聞いていただきたいことがあります」

孝助は居住まいを正した。

「やい、孝助。また、俺たちの足を引っ張るような真似をするんじゃあるまいな」

亮吉が露骨に顔を歪めた。

「そうじゃありません。ただ、毒を盛った男のことで、ちょっと気になったことがあるんです」

「なんでえ、話してみな」

文蔵は新たに刻みを詰め、長火鉢に顔を近づけて火を点《つ》けた。

「へえ。『市兵衛ずし』で土産を買った男は三十半ばぐらいの細面で、眉尻がつり上がった目付きの鋭い遊び人ふうの男です。その男によく似た男が、益蔵が死んだとき、一膳飯屋にいたようです」

「そりゃ、似たような男はたくさんいるからな」

「頬が削げ、頬骨が突き出ていたのも似ています。このことが気になるんです」

「なにか、おめえはその男が毒を盛ったってのか」

「ええ」

「だがな、『市兵衛ずし』の市太郎はその男が怪しい動きを見せたことはないと言っているんだ」

亮吉はまたも異を唱えた。

「孝助」

文蔵が煙を吐いてから、

「仮にその男が毒を盛ったにしろ、どこの誰かはわからねえんだ。もし、おめえの言うとおりだったら、二度と現場周辺には現われまい。探す手立てはないんだ。やはり、虎一の口を割らすしかねえ」

「虎一は……」

孝助は言いかけたが、無駄だと悟った。

「孝助。虎一は必ず喋る。喋れば、罪一等を減じられるんだ。喋らなければ死罪だ」

虎一は死罪を恐れていません、という言葉が喉元《のどもと》まで出かかったが、孝助は思い止《とど》まった。

言っても無駄だ。

「まあ、明日にでも虎一は落ちる。落ちなくとも、八助を殺しに賊は現われるだろう。まあ、楽しみに待つんだな」

亮吉が悄然《しょうぜん》とした孝助を蔑《さげす》むように見て言う。

文蔵は満足そうに煙草《たばこ》をくゆらせていた。

『樽屋』に帰ると、珍しく、十郎太の姿がなかった。数人の客がいたが、そろそろ暖《の》簾《れん》を仕舞う刻限だ。

「今夜は来なかった」

喜助が、孝助の気持ちを察して言う。

「どうしたのかな」

孝助は気になって、

「とっつあん、すまない。長屋を見てくる」

同じ町内にある長屋に行ってみた。

「ごめんなさいよ」

声をかけて、腰高障子を開けた。行灯に火が灯《とも》っていて、淡い明かりにおぎんの姿が浮かび上がっている。

「おや。十郎太さんは？」

戸惑いぎみに、声をかけた。

「まだよ。帰っていないわ」

「どこに行ったんですかえ」

「わからない。昼過ぎに出かけたきり。夕方には戻って来ると言っていたのにさ。ほんとうに、どこに行ったのかしら」

「そうですか。いつも、夜は『樽屋』に顔を出すんですが、今夜はこなかったので。じゃあ、明日出直します」

「帰って来たら、孝助さんが来たことを伝えておくわ」

「じゃあ、お願いします」

孝助は長屋を引き上げた。

孝助は待乳山聖天のお参りを済ませてから十郎太の長屋に向かった。

だが、腰高障子の前で迷った。おぎんが泊まったかもしれない。ばつの悪そうな顔をする十郎太を見るのも気が引けた。

孝助はそのまま引き上げた。

きょうは牢屋敷に吟味方与力も出張り、虎一の牢問を行なうことになっている。虎一は何も知らないのだ。

だが、皆、投文の主を虎一の仲間と信じ切っている。容赦なく、牢問が行なわれるだろう。

笞打《むちう》ちからはじめ石抱きと続き、それでも白状しなければ海老《えび》責めとだんだん過酷になっていく。

虎一の体は耐えられるだろうか。

奉行所は無駄な牢問をやろうとしているのに、それをやめさせる力がないことが口《く》惜《や》しかった。

孝助が板場で大根を刻んでいると、戸口に十郎太が現われた。

「とっつあん、また頼む」

「ああ、行ってきな」

喜助はすぐに応じる。

孝助は外に出る。十郎太は待乳山聖天に向かった。孝助もあとを追う。

「きのう、どこに行っていたんですね」

境内に入り、大川を見渡せる場所で、十郎太と並んだ。

「向柳原《むこうやなぎわら》にある医学館だ」

「医学館？」

「幕府の奥医師が医学を教え、人材を育てるためにはじめたものだ。ここに小野蘭山《おのらんざん》というお方がいて、本草学を教えながら、諸国に薬草を求め、薬園を作った」

「薬園？」

「小野蘭山はもう亡くなっているが、このお方の門弟に谷翔園《たにしょうえん》というひとがいた。伊予諸角家の藩医だった。この方は十年前に藩籍を抜け、いまは幕府医官となっている」

「十年前に？」

「そうだ。なんだか気になるので、会いに行った。なぜ、藩籍を抜けたのか。十年前、藩医であったなら、食中りで亡くなられた江戸家老の渡良瀬惣右衛門さまを診ておれるはず。そのことと何か関わりがあるのではないか。それを確かめようと思ってな」

「どうでした?」

「会えなかった。いや、会ってもらえなかった。夜、遅くまで待ったのだが……」

「十郎太さんは、『なみ川』での食中りはトリカブトの毒ではなかったかと言ってましたね。そのことで、谷翔園というひとのことを?」

「『なみ川』でのことがトリカブトによるものかどうか、証があるわけではない。あくまでも俺の勝手な思いつきにすぎん。ただ、気持ちに引っかかったことは、違うなら違うでいいから確かめないとすまない性分でな」

「ええ、わかります。あっしも同じですから。そうそう、『角野屋』は献残屋なので、どの大名家にも出入りをしていると言ってました」

「伊予諸角家にも出入りをしているのだな」

「そうです。それから、益蔵が死んだとき、一膳飯屋には『市兵衛ずし』で土産を買った男によく似た男がいたようです」

「そうか」

十郎太は大川に目を向けた。屋根船が上がっていく。

「ただ、『市兵衛ずし』で土産を買った男に毒をいれる機会はなかったってことですね。そうなら、益蔵が死んだときにたまたま似た男がいただけだったってことでしょうか」

亮吉にも突っ込まれたことだ。

「男は三十半ばってことだな」

「そうです」

「十年前は二十半ばか……」

十郎太は厳しい顔で言う。

「その男が『なみ川』でも……」

「いや、そこまで話を飛躍させるつもりはない。ただ、あることを思いだした」

「なんですね」

「藩医だった谷翔園は妾《めかけ》を囲い、子までなしていたそうだ。男の子だ」

「男の子？　今、いくつぐらいでしょうか」

「父が谷翔園の横暴を非難していたことがあった。内容は覚えていない。そのとき、妾に子をなしたという噂をしていた。その当時から二十五年ほど前のことらしい。それをたまたま漏れ聞いただけだが、それからすると、子どもは今、三十半ばか」

「三十半ば……。まさか」

大川から吹きつける冷たい風が顔面に当たった。

「いや、考えすぎだ」

孝助が先走ったのを叱《しか》るように、十郎太が言う。

「でも、念のために調べてみたほうがいいかも。谷翔園の息子なら毒草にも詳しいかもしれませんぜ」

孝助は言ったが、十郎太は首を傾げた。

「今もその妾と続いていればいいが……。谷翔園の今の妾はかなり若いようだ。おそらく、昔の妾とは切れているかもしれない」

「しかし、何か手はあるんじゃねえですか」

「ともかく、伝《つて》を求めて探してみる」

十郎太は力強く言う。

「もし」

と、孝助が呟くように続けた。

「『市兵衛ずし』で土産を買った三十半ばの男が下手人なら、清六と益蔵殺しは説明つくんですがねえ。屋台の握りずしに入れたのではなく、男は土産に買ったコハダに毒をいれて清六に渡した。益蔵のときも、混み合っている中で、益蔵の器に毒を入れた。このふたりについては説明がつくんですが、『角野屋』の件はだめです。手代が買っていった土産に毒をいれるのは無理ですからね」

「なぜ、山川三右衛門がコハダを食べたのだ」

ふと、十郎太が口にした。

「『角野屋』の主人の話だと、最近の武士はコノシロではなくコハダを食べるのだということであまり気にしていないと言ってましたぜ。山川三右衛門はこっそりコハダを食べていたんじゃありませんか」

「そうかもしれぬ。だが、やはり、武士の世界では……」

十郎太がなぜ、そこまでこだわるのかわからない。コハダを食べたことは間違いないのだ。だから、トリカブトの毒で命を落とすような羽目になった。

そこまで考えたあとで、何か苦いものを呑み込んだような不快感が腹から胸の辺りを襲い、孝助はあわてて手で胸の辺りをさすった。

孝助の顔色を読んだように、十郎太は言う。

「手代はだいじょうぶなのか」

「手代？」

「土産を買って店に帰る途上で、三十半ばの男に声をかけられて土産のすしを渡したってことは？」

「いや。それはありえませんぜ。あの手代は実直そうだった」

「そうだろうな。では、『角野屋』の主人と三十半ばの男だ」

「えっ？」

孝助は思わず目を見開いた。

「『角野屋』の主人と山川三右衛門との間に、内儀をめぐる確執がなかったのだろうか。山川は内儀に会うために『角野屋』を訪れていたと、おぎんが聞き込んできたんだ。このことは案外重大かもしれぬ」

「まさか……」

「『角野屋』の主人と三十半ばの男。このふたりに繋《つな》がりはないか、調べてみたほうがいい。といっても、調べる術《すべ》はないかもしれない。だが、このことは頭に入れておくのだ。やはり、三十半ばの男を探すしかない」

「探すといっても……。待てよ」

孝助はあっと気づいた。

「賭場《とば》だ」

清六も益蔵も賭場に出入りをしていた。その賭場に三十半ばの男が現われているのだ。

「そうだ。その男を探すのだ」

微《かす》かながら、何かが見えてきたような気がした。

賭場がわかったのはふつか後だ。

清六が足しげく通っていた賭場は、入谷にある大名屋敷の中間《ちゅうげん》部屋で、益蔵が出入りをしていたのは深川にある古い寺の境内にある納屋のような小屋で開かれている賭場だった。両方できいてまわったが、『市兵衛ずし』で土産を買った三十半ばの男のことはわからなかった。

三

その日も、市太郎は屋台を出した。醬油《しょうゆ》と酒、酢などを混ぜたものに漬けたマグロを海苔《のり》で巻いた巻き物を用意した。

事件からだいぶ日にちも経《た》ち、客も徐々に戻ってきたが、以前のようなわけにはいかなかった。やはり、この界隈《かいわい》にあるすし屋に客をとられてしまったようだ。

今も客が引き上げたあと、新たな客はやってこなかった。五つ（午後八時）を過ぎ、客はきそうもない。

通りに人影もまばらになり、たまに通るひとは夜鷹《よたか》そば屋のほうに向かう。秋も深く、夜ともなれば肌寒く、温かいそばのほうが好まれるのだろうか。

そろそろ、引き上げるかと片付けようとしたとき、ふいに目の前に影が射《さ》した。客だと思い、

「いらっしゃい」

とかけた声が途中で止まった。

「あなたは……」

「おう、覚えていてくれたかえ」

細面で、眉尻がつり上がった目付きの鋭い三十半ばぐらいの男だ。頬は削げて頬骨が突き出ているのも印象に残っている。

「あのとき、土産に渡した……」

市太郎は言葉が続かなかった。

「そうだってな。あのあと、俺は江戸を離れていたんで、ちっとも知らなかったんだ」

「まさか、毒が仕込まれているなんて知らずに売ってしまって、あんなことに……」

「なあに、おまえさんの責任じゃねえ。気にするな」

「でも、お客さんのお仲間がお亡くなりになったんでしょう」

「うむ。だが、あの男はたちのよくねえ男で、死んだからって誰も悲しむような者はいねえんだ」

ずいぶん割り切っていると、市太郎は思った。

「それより、商売はどうだったんだね」

「へえ、あがったりでさ。うちの握りずしを食って死んだ人間が出たんですからね。客も寄りつかなくなりました」

「そうかえ。とんだ災難だったな」

男は表情を曇らせた。

「まあ、そんな話はいいやな。まず、コハダをもらうぜ。すしは何てったってコハダだ」

男は並べてある握りずしからコハダを摑《つか》んで口に持って行く。

「うめえ。やっぱ、ここのすしは違うぜ」

「へえ、ありがとうございます」

「おや、なんでえ、ここに書いてある海苔巻き。ずいぶん安いな」

「はい。これでございます」

市太郎は木箱に入っている海苔巻きを見せた。

「干瓢《かんぴょう》じゃねえな」

「へえ、マグロでございます」

「マグロ？」

男は顔をしかめた。

「そんなの食えるのか」

「おためしください。うまいものです」

「ふうん」

気乗りしない様子で手を伸ばしたが、口に入れてから顔つきが変わった。

「おや、口の中でとろけるようだ。海苔の香りと合っていい感触だ。うむ、こいつはいける」

「そうですか」

この客は味がわかると思っていたので、市太郎も喜んだ。

「意外とマグロもうまいもんだ。握りずしではどうだ？　ないのか」

「はい。売れるかどうかわかりませんので。まず、海苔巻きからと思いまして」

「ちょっと作ってくれ。マグロ、あるんだろう」

「へい。では」

市太郎はうれしくなって飯を握り、それに漬けにしたマグロを乗せて出した。

「どれ」

男はそれを口に運んだ。

「いや、こいつはうめえ」

「いけますかえ」

「いける、いける。そうだ、山葵《わさび》を少しつけたらもっといいかもしれねえな」

「やはり山葵をつけたほうがいいですかね」

「そうよ。マグロに合うかもしれねえ」

「私は山葵はないほうがいいと思っていたんですが、さっそくやってみます」

「そうしたほうがいい。それから今、思いついたんだが、最初から握りずしを作って並べているより、客の注文を受けてから握ったほうが、新鮮で感じがいいぜ。そんとき、客の好みで山葵をつければいい。手間だろうが、そうしたほうが客受けはいいと思うぜ」

「へい」

市太郎は返事をする声が弾んだ。

その後、アナゴやヒラメなどを食い、また最後にマグロを食べて、

「ご馳走《ちそう》さん。いくらだえ」

と、男はきいた。

「いえ、結構でございます」

「なに、結構？」

「はい。いいことを教えていただいたんです。お代はいりません」

「そうはいかねえ」

男は巾着から銭を出して、

「これをとっておいてくれ」

と、百文出した。

「多ございます」

「いいってことよ」

「それじゃ申し訳が……」

「いいんだ。そうそう、また思いついたんだが、マグロの海苔巻き」

「へい」

「賭場に持って行くといいぜ」

「賭場ですかえ」

「そうよ。片手でつまんで食えて、うまいんだ。結構、売れると思うぜ。俺があちこちの賭場で宣伝しておくから」

「でも、私はどこで賭場が開かれているかわかりません」

「そうだな。まず、この近くで言うと……」

男は考えてから、

「よし、こうしよう。明日の昼前、マグロの海苔巻きを二十人分用意して待っててくれ」

「二十人分ですって」

半信半疑で、市太郎は相手の顔を見つめ、

「失礼でございますが、お客さんのお名前は？」

と、きいた。

「俺は藤次郎《とうじろう》だ」

「藤次郎さんですか」

「どうだ、俺を信用して二十人分作るか」

「わかりました。作ります」

「よし。明日おまえさん家《ち》に行こう。家はどこだ？」

「へえ、この町内でして……」

場所を教えると、わかったと藤次郎は答えた。

着物の裾《すそ》をつまんで引き上げて行った藤次郎を見送ってから、市太郎は屋台を引いて長屋に帰った。

「おこま、マグロの漬けはどのくらいある？　海苔巻き二十人分は出来るか」

「そのくらいは出来ますよ。でも、どうしたんですか」

「あの男が……。まあ、そんなことはどうでもいい。ともかく明日だ」

不安と期待がないまぜになって落ち着かない夜を過ごし、市太郎は明るくなってから飯を炊き、酢飯にしてからマグロの海苔巻きを二十人分作った。

出来上がってから、ふと不安が押し寄せた。藤次郎はあまりにも調子がよすぎるような気がしないでもなかった。

だが、客の注文を受けてから握ったり、山葵を客の好みで使うことも教えてくれた。信じる気持ちと疑う気持ちが交互に押し寄せ、市太郎は落ち着かない時間を過ごした。

戸障子が開いた。

「ごめんよ」

「藤次郎さん」

市太郎は安心したとたん泣きそうな声になった。

「どうしたえ。用意はいいのかえ。あっ、おかみさんですかえ。藤次郎って申します。ちょっと市太郎さんをお借りします。おっと、その前に代金だ」

「それは向こうで売れてから」

「なに言っているんだ。きょうは、これを知ってもらうために行くんだ。この勘定は俺が払う」

「とんでもない。いただけません」

「気にするねえ。また、大勝ちして金はあるんだ。いくらだ？」

「それじゃあんまり……」

「さあ、遠慮はいらねえ。いくらだ」

市太郎は胸のそこから込み上げてくるものをぐっとこらえ、

「それではお言葉にあまえさせていただいて……」

と、銭を受け取った。

「じゃあ、行ってくる」

一人前ずつ経木に包んだマグロの海苔巻きを二十個、風呂敷《ふろしき》に包んで持った。

新堀川を越え、藤次郎が連れて行ったのは武家地にある大きな旗本屋敷だ。この界隈は大名の上屋敷もたくさんある。

裏口は開いていた。そこから庭に入った。長屋の奥に大きな部屋があった。中間部屋の壁を取っ払って広くしたようだ。

その部屋の奥に盆茣蓙《ぼんござ》が敷かれ、そのまわりをひとが囲んでいた。中間ふうの男も多いが、商家の主人ふうの男の姿も目立った。

諸肌脱ぎでサイコロとツボを操っている男が、ツボを持つ手を上げるたびに、朱と青の鮮やかな龍の彫り物が動く。

隣の部屋では数人の男たちが思い思いに休んでいた。盆茣蓙から誰かが離れると、すかさず中のひとりが立ち上がって空いた場所に座る。

手前の文机《ふづくえ》の前ででんと座っている男に、藤次郎が声をかけた。

「胴元。こちらさん、すし屋でしてね。ちょっと胴元に味わっていただきたいものがあるんですよ。市太郎さん、お出しして」

と藤次郎に言われるまま、経木のひとつを開いて目玉の大きな男に差し出す。

「なんだ、海苔巻きか」

「まあ、ひとつ味わってくださいな」

胴元の男がひとつ口に放《ほう》り込んだ。

「うむ、うめえな」

「でしょう。これなら片手でつまめます。飯も食わずに盆茣蓙に張りついている皆さんも助かるんじゃないですかえ」

「そうだな。おい、おまえさんたちも食ってみねえ」

「さあ、どうぞ」

寄ってきた男たちに次々に渡す。

口々に、みなうまいと言って好評だった。

「胴元、どうだろうな。夕飯に、これをたくさん用意していたら客も助かるし、少し上乗せして売れば、胴元だってささやかだが、懐が潤うんじゃねえですかえ」

「そうだな。よし、とりあえず、きょうの夕方までに三十人前届けてもらおうか」

「えっ、三十人前ですかえ」

市太郎は目を丸くした。

「そうだ。暗くなる前までに届けてくれ」

「へい、ありがとうぞんじます」

「そこにまだあるのか」

「へい」

「なら、それも置いていってくれ。あとで小腹が減ったときに具合がいい」

「市太郎さん。とりあえず十人前分を置いていったらどうだえ」

「はい」

その代金も受け取って、市太郎は旗本屋敷を出た。

「ありがとうございました。では、この銭を」

「いいってことよ。とっておきな。すしを売った金だ。遠慮することはねえ」

「でも。それから、あと十人前残っていますが」

「もう一軒行くんだ」

「えっ？」

「博打《ばくち》はいちおう御法度ってことになっているが、裏ではかなり行なわれているんだ。特に、武家屋敷は町方が手出し出来ねえからな」

そう言いながら、藤次郎はすたすたと次の賭場に歩いて行った。

入谷にある大名屋敷の中間部屋や深川の寺の賭場に顔を出すと、探している男に似た特徴の男を見掛けた者はいたが、その男の名前も素性もわからなかった。

やはり、岡っ引きの単なる手下では探索に限界があった。相手がまっとうに答えてくれない。『角野屋』の主人と山川三右衛門の関係を調べたくとも、孝助には何の力もなく、すごすごと引き下がるしかなかった。

孝助は打つ手がないまま、『樽屋』の板場に戻って数日経過した夜だった。戸口から、まず峰吉が顔を出した。

「孝助」

喜助が呼びにきた。

孝助は襷《たすき》を外して出て行く。

「親分がお待ちだ」

峰吉が言い、踵《きびす》を返す。

孝助はあとに従う。外に出ると、文蔵が厳しい顔で待っていたが、頬が削げて窶《やっ》れたようだった。

その顔つきからも、物事がうまくいかなかったことが窺《うかが》われた。

「親分。ご無沙汰《ぶさた》しております」

孝助が挨拶《あいさつ》しても、文蔵は渋い顔をただ頷かせただけだ。

「親分、何か」

「敵は現われなかった」

「八助と女を狙っている賊のことですね」

孝助は念を押すように言う。

「あれから投文もこなければ、どこにも毒死者はでていない」

見当違いだったことは、わかりきっていたことですぜ。そう言いたい言葉をぐっと喉の奥に呑み込んだ。

「ふたりはどうしたんですかえ」

「ふたりとも牢にぶちこんだ。だが、虎一といっしょに出来ねえから、八助は大牢だ」

虎一は無宿牢に収容されている。

「虎一は牢問に耐えられたのでしょうか」

「吟味方与力が途中で止めた。ほんとうに知らないと感じたようだ」

「そうですかえ。じゃあ、探索は？」

孝助はきいた。文蔵からすぐに返事はなかった。ただ、顔をそむけ、数歩暗がりのほうに歩きかけ、すぐに思い止まったように振り返った。

その顔には怒りが見えた。孝助に対してではない。孝助に頭を下げなければならない己に対する怒りであろうと同情した。だが、孝助は蔑む気持ちにはなれなかった。

「孝助。丹羽の旦那がおめえの話を聞きたいそうだ。明日の昼前に俺の家に来るんだ。いいな」

文蔵は孝助に屈伏する言葉は口にしなかった。あくまでも、親分としての体面を守ろうとしていた。だが、明らかに敗者の姿を晒《さら》している。

「わかりました。お伺いします」

文蔵はそのまま引き上げた。

「亮吉兄いは小さくなっているぜ」

峰吉は囁《ささや》き、文蔵のあとを追った。

いつの間にか、背後に十郎太が立っていた。

「ようやく、ぼんくらどもの目が覚めたようだな」

「ええ。これで、角野屋忠兵衛の罪を暴くことが出来そうですね」

忠兵衛の妻女に山川三右衛門が懸想をしていることは『角野屋』の奉公人の間では評判だった。

山川は『角野屋』にやって来ては内儀を相手に酒を呑み、あまつさえ、内儀を手込め同然にして欲望を満たしていた。

そういうことは、奉公人にも知れている。だが、忠兵衛は山川に対して逆らうことが出来なかった。

多くの大名や大身の旗本と取引をして、『角野屋』が献残屋として大きくなったのも、山川の引きがあったからであろう。

忠兵衛には山川を殺す理由はあった。

だが、あくまでも想像であった。殺す理由はあったにしろ、ほんとうに毒を盛ったのかどうかは証がなかった。

殺す理由にしても、忠兵衛はこう答えるかもしれない。

「家内と山川さまのことは、私も認めていることでございます。私も家内も『角野屋』を大きくするためにはなんでもいたします」

それに対して、反論出来る根拠は何もない。忠兵衛がトリカブトの毒を入手したのは『市兵衛ずし』で土産を買った三十半ばの男からに違いない。だが、忠兵衛とその男との関わり合いは不明だ。

コハダに毒をいれたのはある計算があってのことだろう。しかし、山川三右衛門がコハダを実際に食べたかどうかは問題ではない。

孝助や十郎太の探索には限界があり、それ以上は踏みこめないのだ。この先は、丹羽の旦那や文蔵の力が必要だった。

「少し気になることがある」

十郎太が口を開いた。

「『市兵衛ずし』の市太郎は、マグロの海苔巻きを作り、それを賭場に納めている」

「賭場に？」

「博打をしながら片手で食べられるのでずいぶん注文が多いようだ。気になるのが、どうして賭場に目をつけたのか。自分の考えとは思えぬのだ」

「その賭場、どこだかわかりますかえ」

「いや。だが、市太郎のあとをつければわかるだろう」

「気になりますね。十郎太さんは例の男のことを考えているのですね」

「そうだ。毒を盛った相手はどうしようもない人間ばかりだった。あの男が下手人だとしたら、毒殺に利用した『市兵衛ずし』に対して責任を感じていたのかもしれない」

「そのことも含め、明日話してみます」

「店に戻る」

十郎太は先に店に引き上げた。

夜気に当たり、ひんやりした顔に手をやった。急に頭が重くなった。十郎太の言葉が蘇《よみがえ》る。

毒を盛った相手はどうしようもない人間ばかりだった……。山川三右衛門も評判のよくない男だ。

もし、忠兵衛が毒を盛ったのだとしても、非は山川三右衛門にある。そんな忠兵衛の罪をいまさら暴くような真似をしていいのだろうか。

新たな難題が、孝助に襲い掛かった。


翌朝、四つ（午前十時）前に、東仲町の文蔵の家に着いた。

いつものように、亮吉と源太、そして、峰吉が顔を揃《そろ》えていた。まだ、丹羽溜一郎は来ていなかった。

亮吉はふてくされたように部屋の角にいた。孝助の顔を見ようとしなかった。

「孝助。旦那はまだだ。旦那が来てからはじめよう」

文蔵が苦い顔をして言う。

「虎一はどうなるんでしょうか」

孝助は心配していることをきいた。

「俺にきかれてもわかるはずはねえ」

文蔵は顔をしかめた。

ようやく、溜一郎がやってきた。

「待たせたな」

溜一郎は部屋の真ん中であぐらをかいた。

「まったく、さんざんだ。上役からは叱られるだけじゃねえ、無能よばわりだ」

いきなり、八つ当たりをする。文蔵は顔を歪め、亮吉は身の置きどころがないように背中を丸めて小さくなっている。

溜一郎は孝助を見て声をかけた。

「孝助、よく来た。おめえの話を聞きたいと思ったんだ」

「旦那。その前に、おききしたいことがあります。虎一はどうなるんですね」

「どうなるとは？」

「罪一等を減じられるんでしょうか」

「無理だ。賊を捕まえたわけじゃねえんだ」

「でも、虎一を勝手に牢から出して取引を持ち掛けたのは奉行所のほうじゃないんですかえ」

「残念だが、取引は成立しなかったんだ」

「でも、それは……」

「孝助。おめえは奉行所のやり方に文句をつける気か」

溜一郎が気色ばんだ。

「へえ、そのとおりで」

孝助は平然と言い放った。

「あっしは虎一と話して、嘘はついていないと思いました。ですが、旦那たちは虎一を信用しなかった。あまつさえ、牢問にもかけた」

「孝助。やめろ」

文蔵が口をはさんだ。

「いえ、言わせていただきますぜ。旦那方はあっしと虎一の間に生れた信頼の情を壊した。あっしは虎一からすれば裏切りものだ」

「孝助。旦那に向かってなんてことを言うんだ」

文蔵も青筋を立てた。

「これで虎一が死罪になったら、あっしは虎一に顔向け出来ねえ。いいですかえ、虎一が事件解明の手掛かりをくれたんですぜ。それを、奉行所が踏みつぶした。もし、あのとき、素直に虎一の見方を取り入れていたらこんなことにはならなかったんです。今のあっしにとっちゃ毒死事件の解明なんてどうでもいいんです。虎一のことだけが問題なんです」

孝助は自分でもかなり、乱暴な言いがかりだと思っている。自分と虎一の間にそんな信頼の情と呼ばれるものが生れたかどうかは疑わしい。おそらく、虎一はなんとも思っていないだろう。

孝助はこのまま事件から手を引きたい。止《や》むに止まれぬ思いで山川三右衛門を殺したに違いない角野屋忠兵衛に縄をかけたくない。その口実に、虎一の件を持ちだしたのだ。

そうすれば、溜一郎も腹を立て、また孝助を追い返すかもしれない。それを狙っているのだ。

「孝助の気持ちはよくわかる」

溜一郎が憂鬱《ゆううつ》そうな顔で言う。

「いえ、問題は虎一が罪一等を減じられるかどうかです。あっしの気持ちをわかってもらったって仕方ありません」

　この場の空気は明らかに孝助を非難しているように思えた。そろそろ、引き上げどきだと思った。

「虎一のことはなんとかしよう」

「えっ？」

　溜一郎の予想外の返事に、孝助は戸惑った。

「その前にきくが、おまえは下手人の見当はついているのか」

　溜一郎が確かめた。

「ええ、まあ」

　孝助は曖昧《あいまい》に答える。

「虎一を助ける道は真犯人を捕まえることだ。そうすれば、虎一のおかげで解決出来たと上役に訴えることが出来る。奉行所とて、事件が解決出来ないのに虎一の罪だけを減じることは出来ない」

「…………」

　孝助は当惑した。

　溜一郎の言い分ももっともだ。事件が解決出来れば、虎一の罪一等を減じることは叶《かな》いそうだ。

「旦那。そのお言葉に間違いありませんね」

「俺を信じろ」

忠兵衛の罪を暴く。そのことに抵抗を覚えながらも、虎一の命を助けたい。それに、たとえどんな悪い奴でも人殺しを許してはならない。

しかし、自分の内儀が慰みものにされる忠兵衛の気持ちを思ったら……。だが、山川三右衛門には家族がいる。その悲しみを思えば、このまま捨て置くことは出来ない。

「わかりました。お話しします」

孝助は意を決して言った。

四

孝助は深呼吸をしてからおもむろに口を開いた。

「あっしは、ある筋書きを描いています。ですが、あっしひとりの力では調べることは叶いませんでした。ですから、あっしの想像でしかないのです。その想像をお話ししても、わかっていただけるか自信ありません。ですから、これからあっしが言うことを調べていただきたいのです。その上で、あっしの考えを申し述べたいと思うのですが。親分、お願い出来ますか」

「いいだろう」

文蔵は溜一郎の顔色を窺ってから、面白くなさそうに返事をした。孝助に命令されているようで不快なのだろう。

「ありがとうございます。では、まず旗本山川三右衛門さまが日頃、コハダを食べるかどうか、お屋敷の方に確かめていただきたいのです」

「なに、コハダを食うかだと?」

文蔵は呆《あき》れたようにきいた。

「へい。それから、『角野屋』の内儀から山川三右衛門さまとの関わりを聞き出していただきたいんです」

「………」

溜一郎も呆気《あっけ》にとられているようだ。

「さらに、死んだ清六と益蔵が出入りをしていた賭場で、『市兵衛ずし』に現われて土産を買った三十半ばぐらいの男のことを聞き出してもらいたいのです」

「それだけか」

文蔵は不快そうに言う。

「いえ、もうひとつ。事件の夜、『角野屋』にその男がやって来なかったか。さらに言えば、角野屋忠兵衛とその男とのつながりを……」

「孝助。おまえは角野屋忠兵衛を疑っているのか」

溜一郎が憤然としてきいた。

「はい。でも、今あっしがそのことを話しても信じてもらえないかもしれません。それで、親分に今申したことを調べてもらいたいんです」

「よし、わかった。文蔵、さっそく、手分けして調べよう。山川さまのお屋敷には俺が行く」

溜一郎が進んで言う。

「わかりやした。じゃあ、あっしは『角野屋』の内儀に当たります。亮吉、源太、峰吉の三人は手分けして賭場へ行け」

「へい」

「親分。あっしも親分といっしょに『角野屋』の内儀に当たりたいのですが」

「いいだろう」

「よし、さっそく、はじめよう」

溜一郎は気負い立って言う。

皆、それぞれ動きだした。

孝助は文蔵とともに『角野屋』に向かった。

店のほうではなく、家人用の出入口から訪れ、応対に出てきた女中に、内儀への取り次ぎを求めた。

岡っ引きの文蔵がいっしょなので、女中はあわてて奥に引っ込んだ。

しばらくして、女中が戻って来た。

「どうぞ、こちらに」

女中は上がるように言った。

案内されたのは床の間に掛け軸の掛かった客間だった。待つほどのことなく、内儀がやってきた。色白で、うりざね顔に富士額の色っぽい女だ。三十近いはずだが、若々しい。ただ、少し窶れて、顔も憂いがちだった。

ふたりの前に座り、

「良人《おっと》は得意先からまだ帰っておりません」

と、弱々しい声を出した。

「いや、内儀さんに話をききにきたんだ」

文蔵が言うと、内儀は不安そうな顔をした。

「死んだ山川三右衛門さまはときたまこちらを訪れていたようだな」

「はい」

俯《うつむ》いて、内儀は答える。

「なにしに来ていたのだ？」

「献残の品をお持ちになって……」

「山川さまが自ら品物を持ってか。内儀さん。ほんとうのことを話してくれねえか。おまえさんと山川さまはどのような関わり合いがあるんだね」

「山川さまは良人に会いに来るだけですので……」

「内儀さん」

孝助は口をはさんだ。

「山川さまは内儀さんに会いに来ているという噂があるんですがねえ。どうなんです？」

内儀ははっとしたように顔色を変え、動揺を隠すように襟元に手を持っていった。

「内儀さん。どうなんだね」

文蔵は確かめる。

「いえ、違います」

「あのとき、山川さまが苦しみだしたときです」

孝助は切りだした。

「あなたはその場にいたのですか」

「いえ。私は座を外していました」

「すると、部屋には山川さまと角野屋のふたりだったのか」

「はい」

「そのとき酒を呑み、すしを食べようとしていたのだな」

「はい」

「山川さまは、コハダを食したのですか。武士はコノシロが此の城に通じることから食べないと聞いたのですが、山川さまはそのようなことは気にしなかったんでしょうか」

「わかりません」

内儀は苦しそうな表情をした。

「わからないというのは、ふだんコハダを食したかどうかですかえ」

「ええ」

「内儀さん。さっき、内儀さんは座を外していたと言ったが、どこに行っていたんだね」

「ちょっと野暮用で」

「山川さまが内儀さんを目当てでここにやって来ているという噂があるようだ。ひょっとして、別間で山川さまを待つつもりだったんじゃないのか」

文蔵がいきなり突き付けるように言い、

「なんなら、奉公人ひとりひとりにこの件をきいてみる。こういうことは隠しても隠しきれねえからな」

と、脅した。

内儀は俯いた。

「どうなんだ?」

「親分さん。山川さまの死に何か疑いが?」

ふいに顔を上げ、内儀は真剣な眼差《まなざ》しできいた。その声は震えを帯びていた。

このとき、孝助は内儀が体の具合を悪くしている理由に思い至った。

「内儀さんも、そうなんじゃないですか。山川さまの死に疑いを持っているんじゃありませんかえ。どうなんですね」

　孝助は迫った。

「はい」

　観念したように、内儀は打ち明けた。

「私が山川さまと寝間で過ごしているとき、いつも隣の部屋から良人の荒い息づかいが聞こえて参りました。良人は私を山川さまにあてがいながらも苦しんでいたようです」

「内儀さんも、ご亭主を疑っていたのですね」

　孝助は確かめる。

「はい。山川さまはコハダを食べません。いつぞや、両国の『華屋』の握りずしの話が出たとき、食べないと、はっきり仰っていました。でも、そのあとで、武士たるものは此の城なる魚は食べるべきではないという風潮があるので、食いたくても食えないのだとこぼしていました。そのとき、良人がうちで食べれば誰にも気づかれませんと話していましたから、こっそり食べたかもしれないという思いもありました」

「此の城なる魚は食べるべきではないという風潮、ですかえ」

　孝助は呟く。

「三十半ばぐらいの細面で、眉尻がつり上がった目付きの鋭い遊び人ふうの男を知らないか」

文蔵がきくと、内儀は顔を強張《こわば》らせ、

「山川さまがやってきた日の昼頃、裏口で良人がその男と会っていました。私に気づくと、あわてて男は引き上げて行きました。頬は削げて頬骨が突き出ている男でした」

「間違いないな」

文蔵は厳しい顔で頷いた。

「親分さん。やっぱり、良人が……」

内儀は憔悴《しょうすい》した顔できいた。

「おまえさんも、そう思っていたんだな」

文蔵の言葉に、内儀はいきなり突っ伏して泣きだした。

夜、文蔵の家に全員が集まった。

「親分。清六が出入りをしていた賭場に行ってきました。三十半ばの例の男は藤次郎という男です。このひと月ほど、清六とよく話していたようです」

亮吉が孝助には目をくれずに言う。

「益蔵が出入りしていた賭場にも藤次郎は出入りをしていました。やはり、ひと月ほど前からでした」

源太も勇んで言う。

「よし。つながったな」

文蔵は満足そうに言い、

「旦那。これで間違いはありません」

と、溜一郎に顔を向けた。

「うむ。山川どのの屋敷では、商家ですしを食って毒死したこともだが、武士が嫌っているコハダを食べた上での毒死は、不名誉なので病死として届けたということだった。孝助が言うように、コハダを選んだのは、山川家が体面を重んじるであろうことを考えてのことだったに違いない。これで、事件の解明は出来た」

溜一郎は安堵《あんど》の溜め息をもらしたが、

「ただ、藤次郎という男の行方を忠兵衛が知っているかどうか」

と、不安を口にした。

「ともかく、これから忠兵衛をとらえるんだ」

すぐ気を取り直して、溜一郎は腰を上げた。

孝助も、溜一郎と文蔵のあとに従い、『角野屋』に行った。

すでに大戸は閉まっていた。

峰吉が潜《くぐ》り戸を叩く。手代が戸を開けた。

すぐに文蔵が土間に入る。溜一郎のあとに続いて、孝助たちも中に入った。

「主人を呼んでもらおう」

文蔵が言う。

「はい」

手代が奥に知らせに行った。

しばらくして女の悲鳴が聞こえた。とっさに、文蔵と溜一郎は奥に向かって走った。

孝助もあとを追った。

奥座敷で、内儀が茫然《ぼうぜん》と立ち尽くし、足元に忠兵衛が倒れていた。

「これは……」

孝助は絶句した。

忠兵衛はトリカブトの毒の症状を呈して息絶えていた。

五

市太郎は以前のようにまた同じ場所で屋台を出した。前と違うのは、マグロの海苔巻きとマグロの握りずしが新たに加わったこと、そして、客の注文に応じてすしを握るということだった。さらに、山葵をつけるようになったのも違う点だ。

だが、一番大きく変わったものがある。それは屋号だ。今までの『市兵衛ずし』から『市太郎ずし』に変えた。

握りずしは本所横網町にあるすし屋『華屋』の主人与兵衛が考えついた。そこで板前をしていた市太郎は独り立ちし、屋台の店をはじめるにあたり、華屋与兵衛にあやかって、『市兵衛ずし』としたのだ。

「新しい具もあり、おまえさんの工夫もある。この際、屋号も自分のものにしたほうがいいんじゃないのか。そう、『市太郎ずし』だ」

そう言ってくれたのは藤次郎だった。

藤次郎の世話で、いくつかの賭場にマグロの海苔巻きを納めるようになった。噂を聞きつけ、新たな賭場からも、鉄火場で食う海苔巻きを持ってきてくれと言われるようになった。

とうていひとりの手には負えず、若い板前をひとり雇うほどだった。この調子でいけば、数年のうちには念願の店を持てるかもしれないという希望が膨らんだ。

これも、すべて藤次郎のおかげだった。

夕方に立て込んでいた客が退《ひ》けたとき、すぐに新たな客がやってきた。十郎太だった。同い年ぐらいの連れがいた。

「『市太郎ずし』か。なかなかいきがよさそうでいいではないか」

「へえ、ありがとうございます」

「噂の鉄火場で食う海苔巻きを食いたくて、友達を連れてきたんだ。孝助といって、岡っ引きの文蔵の手下をしている」

「文蔵親分の……」

「気にしなくていい。それほど文蔵にべったりな男ではない」

「孝助です。本職は聖天町にある『樽屋』という一膳飯屋の板前です。マグロの握りと海苔巻きをいただきたくて、十郎太さんに連れてきてもらったんです」

「そうですかえ。では」

すしを握りながら、市太郎は警戒した。単にすしを食うために孝助がここに来たとは思えなかった。

「どうぞ」

握ったものを差し出す。

十郎太がマグロの握りを食べて、

「うむ。これはいける」

と、唸《うな》った。

「ええ、おいしい」

孝助も舌鼓を打ってから、

「コハダをください」

と、注文した。

市太郎はなぜか緊張した。

「あの事件は解決したようだな」

思いだしたように、十郎太がきいた。

「ええ。この屋台のすしに毒が盛られたわけではなかったんですよ。土産にすしを買った三十半ばの男が清六の長屋に向かう途中にコハダの握りずしにトリカブトの毒を塗ったんです。その一方で、『角野屋』の忠兵衛が酒に毒を混ぜて山川三右衛門に呑ました。あたかも、コハダに入れられた毒で死んだように見せかけるために、手代に土産のすしを買いに行かせたんです」

十郎太に答えているが、こっちに聞かせているのだと、市太郎は察した。

「ご亭主」

孝助が声をかけた。

「へい」

市太郎は身構えた。

「土産ですしを買った男は藤次郎という男です。その後、この店に現われませんか」

「いえ。お見えじゃありません」

激しく動悸《どうき》を打った。

「そうですか。ところで、マグロの海苔巻きを賭場で売ろうとしたのはどなたの考えなのですか」

「たまたま立ち寄ったお客さんがそんな話を……」

市太郎は胸が苦しくなった。この男は藤次郎のことを知っていてやってきたのではないかと思った。

だが、藤次郎のことは口にすることは出来ない。一時は『市兵衛ずし』を存亡の危機に陥れた男であり、そして三人の命を奪った男である。

だが、『市太郎ずし』の産みの親でもある。極悪人には思えない。賭場への売れ口を教えてくれたのも、『市兵衛ずし』を危機に陥れたことの償いだったに違いない。

そんな男を売るわけにはいかない。

その後、何をきかれても、藤次郎に関わることだけはしらを切りとおした。

「ごちそうさん。うまかった」

孝助は銭を払うとき、

「鉄火場で食う海苔巻きだから、鉄火巻きって名付けたらどうですかえ」

と、笑いながら言った。

「鉄火巻き……」

なるほどと思ったとき、孝助と十郎太はもう屋台を離れていた。

あわてて、屋台を飛び出し、

「ありがとうございました。鉄火巻き、使わせていただきます」

と、市太郎はふたりに向かって深々と頭を下げた。

屋台を離れ、雷門に向かって歩きながら、

「いいのか」

と、十郎太がきいた。

「ええ。どうせ、藤次郎の居場所までは知らないでしょう。それに、藤次郎を守ろうという気持ちが伝わってきました。市太郎さんには藤次郎は特別なひとなのに違いありません。その気持ちを大事にしてやります」

「そうだな。角野屋忠兵衛が死に、藤次郎との関わりはわからずじまいだ。たぶん、忠兵衛は藤次郎のことを、伊予諸角家の上屋敷の誰かから聞いたのに違いないが、そのことも確かめられなかった」

十郎太は無念そうに言う。

「いつか、藤次郎はまた我々の前に姿を現わします」

「そうだな」

十郎太は答えてから、

「今度のことではどうだ？　文蔵の信頼を勝ち得たか」

「と、思います。それ以上に丹羽の旦那の信頼を得たと思います。ただ、そうなると、文蔵親分が面白く思わないのではないかと気になります」

「妬《ねた》みか」

十郎太は嘲笑《ちょうしょう》した。

「事件は解決したとは言えませんが、丹羽の旦那の面目はなんとか保てたし、虎一が死罪にならずにすみそうになったことでほっとしています」

孝助はこれでよかったと思っている。

「観音様にお参りをしていきます」

雷門の前にきて、孝助は言う。

「俺もお参りしよう」

十郎太も応じた。

ふたりで雷門をくぐり、仲見世を本堂に向かった。

時代小説文庫
こ6-29

市《いち》太《た》郎《ろう》ずし 浅草《あさくさ》料理《りょうり》捕物帖《とりものちょう》 二《に》の巻《まき》

著者　小《こ》杉《すぎ》健《けん》治《じ》

2015年11月18日第一刷発行

発行者　角川春樹

発行所　株式会社 角川春樹事務所
〒102-0074 東京都千代田区九段南2-1-30 イタリア文化会館

電話　03(3263)5247[編集]　03(3263)5881[営業]

印刷・製本　中央精版印刷株式会社

フォーマット・デザイン＆シンボルマーク　芦澤泰偉

ISBN978-4-7584-3955-8 C0193

http://www.kadokawaharuki.co.jp/[営業]
fanmail@kadokawaharuki.co.jp[編集]　ご意見・ご感想をお寄せください。